転生したら皇帝でした

～生まれながらの皇帝はこの先生き残れるか～

⑥

魔石の硬さ
イラスト：柴乃櫂人

TOブックス

⑰
⑱
⑲
⑳
㉑
㉒
㉓
㉔
㉕
㉖
㉗
㉘
㉙
旧リンブタット領
大タブレン島
小タブレン島
⑰ テイワ皇国
⑱ ウィンル大侯国
⑲ メザーネ伯国
⑳ フィクマ大公国
㉑ プルブンシュバーク王国
㉒ メザーネ王国
㉓ イリイー王国
㉔ ファツラウ王国
㉕ リンブタット王国
㉖ アサン王国
㉗ ドレッズ公国
㉘ スコルゴート王国
㉙ ルーアム王国
旧国境
山岳地形のため国境未画定
自治領境界
紛争中につき国境未画定。(463年時点の前線)
紛争中につき国境未画定。(460年時点の前線)

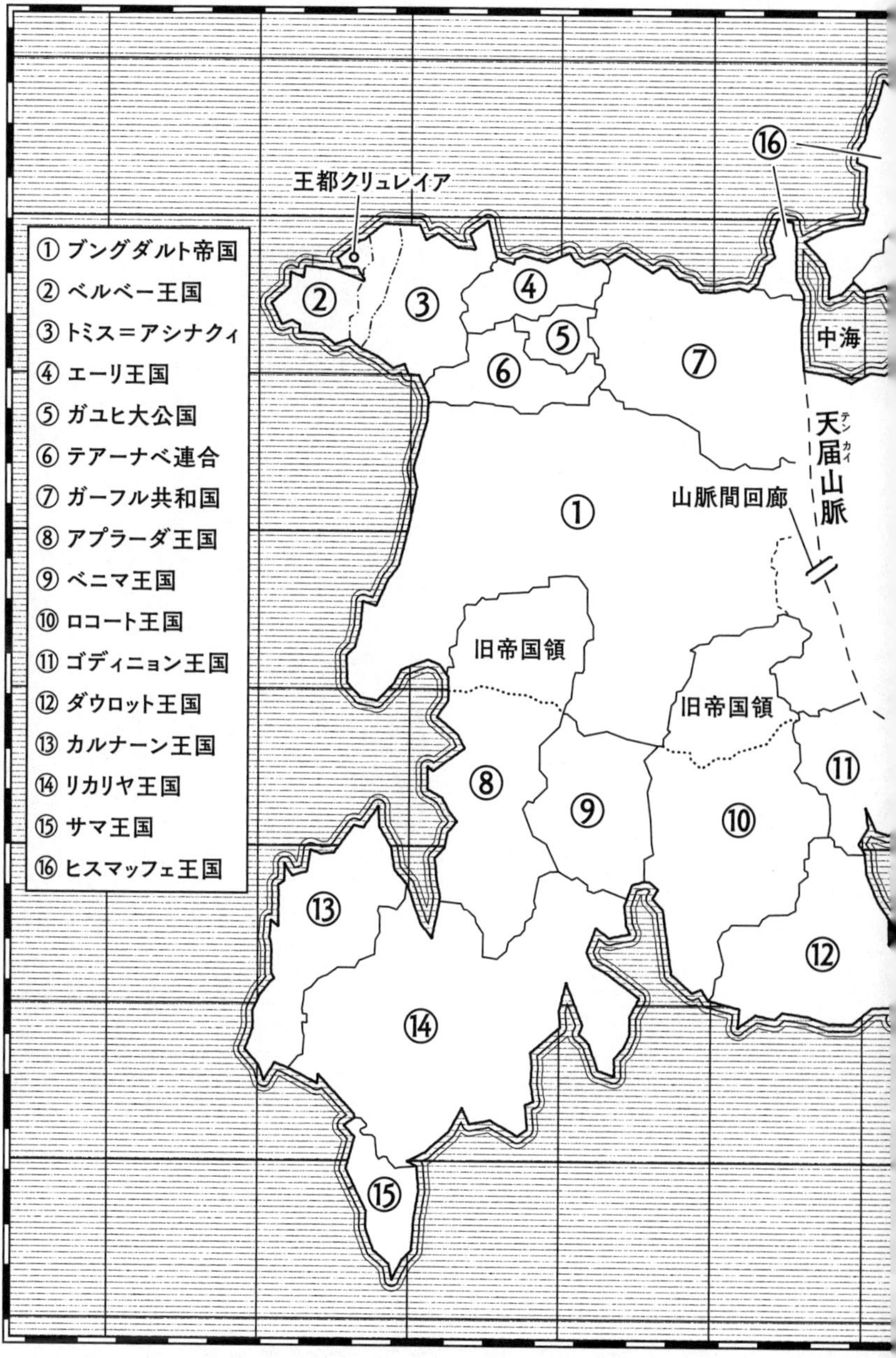

① ブングダルト帝国
② ベルベー王国
③ トミス＝アシナクィ
④ エーリ王国
⑤ ガユヒ大公国
⑥ テアーナベ連合
⑦ ガーフル共和国
⑧ アプラーダ王国
⑨ ベニマ王国
⑩ ロコート王国
⑪ ゴディニョン王国
⑫ ダウロット王国
⑬ カルナーン王国
⑭ リカリヤ王国
⑮ サマ王国
⑯ ヒスマッフェ王国
王都クリュレイア
中海
天届《テンカイ》山脈
山脈間回廊
旧帝国領
旧帝国領

第九章◆対帝包囲編

イラスト：柴乃櫂人　デザイン：Veia

登場人物

ブングダルト帝国

皇帝派

対立

カーマイン

本作の主人公。暗殺待ったなしの傀儡皇帝に転生した。10年の時を経て、悪徳貴族を粛清し親政を開始した。

ロザリア

ベルベー王国第一王女で、カーマインの婚約者。カーマインの本性に気づくも、持ち前の知性で献身的に彼を支えている。

バルタザール

近衛兵の数少ない戦力。かつての主人にカーマインを重ねて仕えている。

ワルン公

根っからの軍人で、元元帥。二大貴族粛清の切っ掛けを作った。

ヴォデッド宮中伯

帝国の密偵を束ねる「ロタールの守り人」。カーマインに協力するが、狂信的な部分もあり、警戒されている。

ティモナ

主人公の側仕人。初めは幼帝に対し警戒心を抱いていたが、ある日を境に「カーマイン信者」のように仕えている。

ダニエル

転生者を保護する老エルフ。転生者が君主となるのを淡々と待ち望んでいた。

摂政派

アキカール公

貿易による莫大な収益で娘を皇太子妃にして式部卿になった。即位式でカーマインに粛清された。

アクレシア

カーマインの母親で摂政。カーマインの演技に油断している。

ナディーヌ

ワルン公の娘。通称『茨公女』。カーマインにややきつく当たるが、本当は彼の身を案じている。

ヴェラ

チャムノ伯の娘。卓越した魔法の才能をもつ。

対立

宰相派

ラウル公

まるで自分が帝国の支配者かのように振舞う宰相。即位式でカーマインに粛清された。

対立

第九章　対帝包囲編

プロローグ

「陛下、喜んでくれるかな」

一人の少女が、軽やかに駆《か》ける愛馬の上で、大事そうに木箱を抱えていた。まるで大切な人へのプレゼントかのように、絶対に落とさないよう強く抱きしめた少女は、自分より一足先に成人した憧れの主君に思いを馳《は》せる。

彼は喜んでくれるだろうか、驚いてくれるだろうか。もしかしたら、褒めてくれるかもしれない。

期待に胸を膨らます少女は、護衛として彼女に付き従う兵たちに問いかける。

「なぁお前たち、どう思う」


少女の問いかけに返事は無かった。ただ後続の馬が駆ける足音だけが響く。それが残念でならない少女は、小さく頰《ほほ》を膨らませて抗議する。

「返事くらいしてくれてもいいじゃないか」

自身の後を付いてくる部下たちに不満を述べるその様子は、年相応のあどけないものだった。

「随分と減ってるし。少し鍛錬が足りないんじゃないか」

自身の護衛である兵たちにそう注文を付ける少女の様は、少なくとも由緒正しき帝国貴族の当主には到底見えなかった。

東方大陸最大の国家はどこかと問われれば、ブングダルト帝国の名が挙がるだろう。ロタール帝国の長い歴史を継いだこの後継国は、その伝統と格式もまた受け継ぎ、大陸における文化の中心地でもあった。

だが、東方大陸最強の国家はどこかと問われた時、帝国の名はまず挙がらなかった。なぜなら帝国は、衰退の歴史を歩みつつあったからだ。

権力を掌握した大貴族による専横《せんおう》が続き、帝国という国家は分断されていた。皇帝の権力は弱まり、幼帝の即位によってそれは決定的なものとなった。そしてお飾りの皇帝のもと、貴族たちは宰相派と摂政派に分かれ、己の利益のために国内で政争を続けていた。

それは周辺国にとって、とても都合のいい状況だった。不安定な帝国の情勢に反比例するように、周辺諸国は平和と安寧を享受した。

放っておいても大国が勝手に内部で争ってくれるのだ。それはもう、笑いが止まらなかっただろうし、枕を高くして眠れるというものだ。

だが傀儡《かいらい》だと思われていた皇帝が大貴族を粛清したことで事態は一変した。愚帝とまで言われていた幼帝は、強兵と言われたラウル公の軍勢をたった一度の会戦で壊滅させ、あっという間に帝国の実権を握ってしまった。さらに味方の敗走により敵地で孤立した際も、そのまま敵中で暴れまわり、要害となる都市を陥落させ悠々と帰還した。

「どんな方かなぁ陛下。肖像画も出回ってないんだもん」

突如として帝国に現れた若き皇帝、カーマイン。そんな彼を、少女は心から尊敬していた。自分にはない忍耐力と知謀。主君にふさわしいカリスマ性……騎士物語や英雄譚に憧れる少女にとって、カーマインは理想の主君だった。そんな方にお仕えできるのだからと、この数か月少女は張り切っていたのだ。

……張り切り過ぎていたのだった。

「陛下がご結婚なさるから、相応の手土産を探していたんだけど……ぎりぎりになっちゃった」

少女は、確かにカーマインに憧れていた。だがそれは異性としての憧れではなかった。正確には、まだ十四歳の……それも恋愛とは無縁な育てられ方をした彼女には、恋というものが何か分からなかったのだ。

だから少女は心から主君の結婚を祝福していたし、そんな相手と初めて会えることを楽しみにしていた。

「でもこの格好でお会いするのはマズいよね。せっかくおめでたい日なんだから、一番上等な服でお会いしないと」

そう言って少女は、着ている騎士服をつまみ上げる。湿ったこの服では、とてもではないが、憧れの人の前には出られない。

「確か新品の騎士服が帝都の屋敷にあるって聞いたけど……トリスタンはちゃんと用意してるかな」

少女はドレスを一着も持っていなかった。というより、生まれてから一度もドレスなど着たことが無かった。それはこの時代の貴族の女性にとって、本来はあり得ないことである。それでも、そのことを気にした様子もなく、少女は馬で駆け続ける。

少女はふと気になり、自分の服に鼻を近づけ匂いを嗅《か》いだ。意識するまで気が付かなかったが、鋭い匂いが鼻をつく。

「汗もかいてるし、血の匂いもする。めでたい日には似つかわしくないな……」

由緒正しきエタエク家の者が、陛下の前で礼を失するわけにはいかない。いくら臣下に「馬鹿」と言われる少女でも、これくらいのことは分かるのである。

少女のそんな、常識的な発言を聞いた男……彼女の護衛である一人はこう思った。そもそものプレゼントがおかしいぞ、と。

「お前たち、ボクは念入りに湯あみしたいから先行くよ」

「おま、ち、ください！」

別の護衛が必死に叫んだ。しかしその声は、少女にはよく聞き取れなかった。

「え、なんて？」

「お待ちください‼」

それもそのはず、彼らはかなりの速度で馬を駆けさせ続けているのだ。最大速度ではないとは言え、気軽に会話ができる速度ではない。それどころか、多くの護衛はその身が受ける空気抵抗を避け身を屈める必要があった。少なくとも、少女のように後ろを振り返りながら悠々と会話する余裕はない。

……にもかかわらず、彼女は集団の最前を駆けていた。まるで一切の空気抵抗を受けていないかのように悠々と、護衛の騎馬兵たちの誰よりも速く馬を駆けさせる。

「しかしこのペースでは遅くなってしまう。あまり夜遅くになっては、陛下にご迷惑だろう」

そもそも、本来は晩餐会《ばんさんかい》の夜に皇帝に会うことは叶わないのだが……戦関係のこと以外は箱入り娘同然に育てられた彼女には知る由もないことである。

「今日は無理ですって！」

そんな配下の声はもう届かない。一暴れして上機嫌な少女は愛馬に合図を送ると、彼らにこう言い残した。

「わははは、付いて来たければ付いて来い。これも鍛錬だぞお前たち」

さらに速度を上げた主人に対し、護衛の反応は二種類に分かれた。一つは己の職務を全うする為、必死で付いていこうとする者。もう一つは、早々に諦める者たち……こちらは古参の人間が多かった。彼らは知っているのだ、少女が全力で愛馬を駆けさせれば、誰も追いつくことなどできないということを。

「なんであの人、あんな出鱈目《でたらめ》な魔法を使いながら平然としゃべってるんですか」

自分たちはあまりの空気抵抗に顔を上げることすらままならなかったというのに。返事を求められても、無理なものは無理だ。下手したら舌を噛《か》み切ってしまう。

そんな理不尽に対し、少し怒りすら滲《にじ》ませた若い騎兵に、最古参の護衛の一人が答える。

「聞くな。今更だろう……あの人は騎兵になるために生まれてきたような人だぞ」

空気抵抗すら遮断する防壁、自身どころか騎馬にすら適応できる身体強化。そしてその二つの魔法を同時に使いながら、平然と会話すら楽しめる。それを十四歳の少女が可能としているのだ。末恐ろしいなんてものでは無い。現段階ですら、誰も付いていけないのだから。

実際、一時間と経たずに今必死に付いていっている兵士も振り切られるだろう。本気出した彼女には誰もかなわないのだから。

「てか、結婚祝いに生首って……どういう発想をしたらそうなるんでしょうか」

生首の入った木箱を、「陛下にお見せするんだ」と言って大事そうに抱える十四歳。それがおかしいってことくらい、誰にだって分かる……本人を除いては。

「仕方ないだろう。常識がないのだから」

古参兵はそうあっけらかんと言い切った。さすがは、頭のおかしな集団として伝わる伯爵家に、長年仕えていただけはある。もはや慣れているのだ。

「しかし常識がないから、敵将を討てたのだ」

傀儡だと思われていた皇帝は大貴族を粛清し、内乱は兵力劣勢とみられた皇帝軍が鮮やかな勝利を飾った。さらに敵中で孤立するというピンチも、敵都市の攻略という成果を持って帰還した。

ただ国土が広いだけの弱い国……『瀕死《ひんし》の病人』のはずだった帝国が、若い皇帝の下で強国に生まれ変わろうとしている……そう感じ取った周辺国は、帝国が強国になる前に潰そうと、一斉に動き始めた。

だがその流れに呼応するように、後に英傑《えいけつ》と呼ばれる者たちも、この若き皇帝の下へ集い始めていた。

エタエク伯アルメル・ド・セヴェール……まだ十四歳の少女もまた、後に英傑の一人と評される一人である。

「でも初夜だって時にあんなもの陛下にお見せして、無礼で刎《は》ねられたりしませんかね」

「……知らん。その時はフールドラン子爵がきっと何とかしてくれるだろう」

強さと引き換えに常識を捨て去った少女が、ついに皇帝と対面する。

晩餐会という名の

ナディーヌと結婚する朝、伝統に則り式より相当早く準備を終えた俺は、ナディーヌに貸し与えられた部屋にいた。本来はこの時、結婚する二人とお付きの者くらいしかいないのだが……今は数名の貴族も部屋に引き入れていた。ワルン公、チャムノ伯、ニュンバル侯（財務卿）の三人にヴォデッド宮中伯も加わり、室内は物々しい雰囲気に包まれている。

ナディーヌの侍女は元々ワルン公爵家の人間だからか、それほど動揺はしていなさそうだった。しかし話す内容的に知る人間はなるべく減らしたかったので、今は離れてもらっている。

「すまないな、ナディーヌ」

すでにウエディングドレスに着替えていたナディーヌは、少し大人びて見えた。いつもは年下だから「可愛い」という印象が強いが、ドレス姿の彼女は「綺麗」という言葉が似合う。


これから夫婦になる二人でゆっくりする……みたいな時間なんだろうけど、状況が状況だからな。信用できない貴族は排除できた上で、非公式の会議を行えるっていうのは正直ありがたい。

「別にいいわ。それより、私も聞いてていいの？」

「もちろん」

それに……これは別にナディーヌを蔑《ないがし》ろにしている訳ではない。むしろ逆だ。

ナディーヌは女性だからとか、幼いからとかって理由で、あまりこういう政治や軍事の話し合いに参加させてもらえなかった。だから、「今は夫婦の時間だから」みたいな理由で会議を後回しにするとか、そういう「気の使われ方」を彼女は好まない。

この場での会議は、俺がナディーヌを信用していないとできないことだ。その信用を行動ではっきり示す方が、ナディーヌは喜ぶと思ったのだ。

「さて。ワルン公、チャムノ伯……既に聞いているとは思うが、南方三国にて兵の動員が確認された」

帝国は今、皇帝と三人の妃たちの結婚式を一斉に執り行っている。周辺国から使節を招き、帝都は連日、祝賀ムードとなっている。

これは一年前から周辺国に通達されていた行事であり、この大陸の常識として、その期間中に国家間の戦争行為はご法度らしい。まぁ、国際条約とかない世界だからな……これはルールよりマナーに近い話だ。破ったからと言って、取り返しのつかない事にはならない。しかし、破った国の評判は間違いなく落ちる。

貴族の娘として、そういった事情も当然知っているナディーヌが俺に尋ねる。

「今回の件は批判の対象ではないの？」

先日、帝国の南に位置するアプラーダ王国、ベニマ王国、ロコート王国の三国……通称南方三国が徴兵を開始した。まだすべての兵を常備兵にすることは難しいこの時代、戦争前には大抵の国が徴兵を行う。その動きを掴んだ密偵が素早く俺のところまで情報を上げたため、かなり早い段階からこちらは動くことができる。

「侵攻された場合はな」

俺は続けてナディーヌの疑問に答える。

「今回の場合はまだ侵攻されていない」

「……そっか、あくまで動員段階だから」

そういうこと。もし既に兵が国境を越えているとかなら堂々と批判できる。しかし、敵はまだ動員までしかやっていない。宣戦布告もなければ、そもそも帝国に侵攻するとも限らない。

……まぁ、徴兵してる地域が三国とも北部のみっぽいから、確実に帝国に来るんだけど。

「どう考えても帝国に来るが、絶対に帝国に来るとは言い切れない。面倒だがな」

「批判できないなら、いっそ正面から受けて立つと余裕を見せつけた方が良い、ってことかしら」

ナディーヌもその辺のことが分かるようになってきたな。ちょっと感動。

「そういうことだ。おそらくだが、宣戦布告はこちらが全ての祝宴を終えた後だろう」

この世界での宣戦布告の意義は、その紛争の正当性の主張である。だから敵対国に対してだけでなく周辺国にも通達される。むしろそっちがメインだと言ってもいい。

これについても、別に国際条約とかないから宣戦布告無しで開戦しても問題ない。ただ、宣戦布告が無いということは「自分たちには開戦するだけの大義名分が存在しません」と認めているに等しい。

戦争は正義が勝つとは限らない。だが、正義のある方が有利に戦えるのは間違いない。六代皇帝の時代に帝国が対外戦争で負けまくった理由の一つは、正義なき戦いだったからだと思う。それくらい、六代皇帝は手当たり次第に戦争を仕掛けては敗戦を繰り返していた。

今回の場合は……ロコート王国国内での旧帝国貴族の反乱、それが帝国の工作によるものだと断定してロコート王国が帝国に宣戦布告。その後ベニマ王国とアプラーダ王国が同盟関係を理由に参戦って流れだろう。その反乱は現地貴族の勝手な暴走であり、帝国は無関係だが……事実なんて誰も気にしない。少なくとも講和まではね。

ちなみに、宣戦布告無しで開戦した上、批判されないパターンもある。例えば最近のテアーナベ周りの一連の戦闘とかいい例だろう。

テアーナベ連合は帝国からの独立を宣言したが、皇帝カーマインはそれを認めていない。そして帝国側の解釈としては、これは反乱の鎮圧であり、国家間の紛争ではないので宣戦布告はいらないというわけだ。

そしてガーフル共和国が帝国と交戦し始めた例だが、これはまず、ガユヒ大公国内でのクーデターから始まる。このクーデターに共和国が「善意で協力」し、その後「ガユヒ大公国に貸した兵が勝手に帝国との交戦に利用」され、その兵が帝国に「攻撃された」ので「仕方なく反撃、結果的に開戦となってしまった」という主張らしい。

だからガーフル共和国が大公国に「うちの兵を勝手に第三国との戦争に使いやがって」と批判する文書が帝国にも届けられてたりする。これは無茶苦茶な上、明らかに時系列がおかしい主張だ。何せガユヒ大公国内でのクーデターを知る前に、俺たちはガーフル軍と交戦しているからな。

白々しいことこの上ないが、それが通ってしまうのもまた戦争である。

ガユヒ大公国？　彼らには帝国と開戦する大義が無いし、宣戦布告も無かったよ。そもそもベルベー王国、エーリ王国と結んだ三国同盟すら無視してるし。当然、彼らは国際的に批判される……が、そもそものクーデターの経緯からして周辺国からは認められないようなものだからな。どうせ批判されるならってことだろう。

つまり、ガユヒ大公国はガーフル共和国が帝国に奇襲を仕掛けるための捨て石にされたのである。まぁ実際、俺はその奇襲のお陰でテアーナベ出征に失敗したわけだし。というか、それも織り込み済みでガユヒ大公国のクーデター勢力は共和国から兵を借りたとみていいんじゃないかな。

閑話休題、俺はそんな状況を踏まえた上で、二人の元帥に命令を下す。

「ナディーヌとの式が終わり次第ワルン公は領地へ。ヴェラ＝シルヴィとの式後にはチャムノ伯も帰還してもらう。ただし、国境付近の中小貴族は現段階から帰還しても良いことにする」

皇帝としては今すぐにでも戻るよう促すべきなんだろうが、さすがに娘の結婚式に出るなとは、俺には言えなかった。

「かしこまりました」

「……そっか。戻れと命令したくはないのね」

ナディーヌの言葉に俺は頷く。

「そうだ。『別に帝国はこれくらいで揺るぎはしない』という姿勢を見せる為の対応なのに、貴族に帰還を急かしては余裕が無いと見られてしまう」

ちなみに、反乱軍と対峙するマルドルサ侯やエタエク伯、そしてガーフル軍と対峙するアーンダル侯やヌンメヒト女伯なんかも、そもそもこの結婚式に参加していないのだが、彼らも皇帝による命令で領地に待機している訳ではなく、あくまで自己判断による自発的な欠席である。

中小貴族でも、交戦中の貴族は領地に残っている。そういった貴族は、本人が参列しない代わりに、代理の者が帝都に来ている。

そして俺の言葉の意味をより深く理解しているワルン公が口を開く。

「ご安心ください。必要な貴族は晩餐会の前に、我々の方で個人的に戻します」

帝国としては、帰っても帰らなくてもいいというスタンス。ただ、現場指揮官の元帥が帰って防備を万全に備える選択を独自にしたってことにしてくれるらしい。本当に助かる。

「北部の近況も聞こう。宮中伯？」

「はっ。現在はガーフル共和国、テアーナベの反乱勢力共に停戦しております。恐らく、この祝宴期間が終わるまでは動かないかと。ガユヒ大公国についてですが、こちらはそれどころでは無さそうです。国内貴族と激しい内戦へ突入しました」

一年前に通達した結婚等の祝祭期間中は戦争をしない……それが国家としてのマナー。だからガーフル共和国はもちろん、自分たちが国家だと主張するテアーナベ連合も仕掛けてはこない。

「つまり、完全に戦闘は停止していると?」

「一部、撤退中のガーフル兵と交戦の報告もありますが……いずれも偶発的なものです」

ほう、撤退中か。その場で動きを止めるだけかと思ったが……これはむしろ厄介かもな。

「南方三国の動きが無ければこのまま講和もあったかもしれませんが……この機会を連中が見逃すとも思えませんな」

チャムノ伯の言葉に、俺は同意する。

「あぁ。むしろこの期間中に兵を再編して再侵攻してくるだろうな」

この停戦期間は相手にとっても準備を整える良い機会になってしまっている。

ガユヒは自滅しそうとはいえ、ガユヒにガーフル共和国が貸した兵も今は帝国との前線に回ってきている。テアーナベ連合に帝国と戦う余力はない……という希望的観測を含めても、四か国とは戦う必要が出てくる。さらにアキカールの反乱も、クシャッド・ベイラー＝トレ・ベイラー＝ノベという三人の伯爵の反乱も同時に起きている。全部で……何正面作戦だろうな、これ。

「どう見る、ワルン公」

俺の言葉に、ワルン公は平然と答える。

「耐えるだけなら何とかなりそうですな。問題は皇国です」

頼もしい答えだ。そして俺もそう思う。

帝国は大国だ。よほどの兵力差を作られなければ……そして徹底的に会戦を避ければ、そうそう負けることはない。最悪、焦土戦に移行すればまず負けることは無い。歴史的にも、帝国が戦争に負ける時って、だいたい侵略する側の時なんだよね。俺が生まれる直前の南方三国との戦争だって、宰相と式部卿が政敵を潰すために国土を割譲《かつじょう》したものの、条文的には負け認めてないし、帝国。領土奪われてるから実質負けだけど。

もっとも、焦土戦なんかしてしまえば国土が荒れてしまうからできるだけ避けたい。皇帝の評判にも関わるしね。


自分の父親ワルン公発言に、ナディーヌが不思議そうに首をかしげる。

「皇国？　でも天届山脈《てんかいさんみゃく》もあるし、回廊《かいろう》の出口は抑えているのよね？」

帝国に並ぶ大国、テイワ皇国。この国と帝国の間には、前世で言うヒマラヤ山脈のような人の往来を拒む障壁が存在する。それが天届山脈だ。当然、軍勢がここを越えることはまず不可能。そんな中、辛うじて軍勢が通れるS字状の渓谷、『回廊』が存在するものの、大軍を一気に送るのは流石に厳しい。ちなみに、回廊は現在皇国に制圧されており、帝国側の出口に位置する要塞が常に監視している。

「あぁ。回廊では大軍は送れないだろうな。問題は国内貴族の動揺だ」

正確にはこれに呼応して東部の中小貴族……旧ラウル領の貴族が反乱を起こさないかってところだ。正直、現状での明確な負け筋は国内でのさらなる反乱である。

……今思うと、密造ワイン関連の騒動があのタイミングで良かったな。この状況で農民反乱まで重なれば、本格的にヤバかったかもしれない。そう考えると、結構紙一重のところで何とかなっている。


「皇国内での諜報《ちょうほう》ですが、現在十分な精度が保てておりません」

宮中伯の言葉に、軍事関連の話は専門外だからと静かだった財務卿が反応する。

「皇国の政治情勢が落ち着いたと？」

皇国は長らく、宮宰《きゅうさい》であったジークベルト・ヴェンデーリン・フォン・フレンツェン゠オレンガウが権力を掌握していた。しかし彼が暗殺されたことにより、権力争い……数年前の帝国よろしく、政争が勃発していたのだった。

「いえ、逆です。政争が激しくなったので、動きづらくなってきました。密偵とはそういうものです」

あぁ、なるほど。政争が本格的になって、大貴族の密偵同士が潰し合い始めた。その結果、帝国の密偵も巻き添えを食らって狩られてしまっている……ってところだろうか。

となると、これは俺たちの仕事だな。

「先日の晩餐会では、人が多すぎて挨拶《あいさつ》だけで終わってしまったからな……皇国からも使節が来ている。今度の晩餐会で探りを入れるとしよう。責任重大だぞ、ナディーヌ」

俺の言葉に、ナディーヌはそっと目を逸らす。

「どうせ腹の探り合いなんて、私には分からないわよ」

いじけている……訳ではなさそうだ。自信が無いのか。まぁ、俺も警戒されてるかもしれないし、ここは諸侯にも頼むとしよう。

「ワルン公、ニュンバル侯、チャムノ伯。卿らも少し探りを入れてはくれないか。報告は『立后《りっこう》の夜』に寝室で聞く」

俺の言葉に三人が反応するより早く、ナディーヌの声を上げた。

「……ちょっと待ちなさいよ！」

あぁ、この声を荒げる感じ、懐かしさすら感じるな。最近は割と大人しかったからなぁナディーヌ。とはいえ、ここで反発されることは何となく分かっていた。

「なんだ」

ナディーヌの方に視線を向けると、彼女は顔を赤らめ視線を下に向けていた。

「その時は、その。し、してる時、というか」

いやいや、ワルン公もいるから、せっかくオブラートに包んだ表現をしたのに……。

この国……というかこの時代において、貴族が子供を残すのは義務みたいなものである。あのクソババアですら、愛人と引き籠る前に俺《夫の子供》を産むっていう義務を果たしている。だから貴族の結婚は式だけで終わらない。いわゆる初夜まで含めて結婚と見なされる……ただ、例外もある。

「いや、ナディーヌは今回は無しだぞ。成人してないんだから」

この国では十五歳で成人である。つまり前世風に言うと、成人した人間が未成年に手を出す……みたいな認識をされるからな。まぁ、それを厳格に禁ずる法もないんだけど。

「それは建前でしょ！　私だけ仲間外れ⁉　それとも私には興味ないっていうの！」

嫌だよ俺、ロリコン扱いされたくねぇもん。たかが一歳差でそんなこと言われないと思うけど、後世ではどんな価値観になっているか分からんし。

あと俺、皇帝だからなぁ。こういう伝統を厳格に守った場合、称賛《しょうさん》されることはあっても批判されることは無い。それに、もう一つ、個人的に嫌な理由もある。

俺は声を荒げるナディーヌの目をまっすぐに見つめ、心を込めて本音を話す。

「急報とかあったら、初夜の最中でも人、入ってくるかもしれないんだぞ。初めてがそれでもいいならいいけど」

というか、確実に入ってくる。少なくとも宮中伯は、そういうところで遠慮はしない。
「それは……まぁ、嫌かも」
「だろ？　余も嫌だ」

宴も仕事

ナディーヌとの結婚式は、ロザリアの時より短く終わった。これは女王戴冠の流れがないからだな。あとロザリアの時と違って、市民へのお披露目も無かった。これは貴族の常識と平民の常識が違うところに配慮して回避させてもらった。一夫多妻も十四歳の花嫁も、貴族では普通のことでも、市民にとっては違うだろうからな。

式の際、ナディーヌはかなり緊張していたが、無事に終えることができた。どうも装飾とかロザリアの時とは若干違ったらしいが……俺には分からなかった。たぶん、こういう違いに気が付けないのが、俺の欠点の一つだ。

……というか、列席者の最前列にロザリアがいたのが気になって、他のことに気が回らなかったよ。もの凄い悪いことをしているような気分になった。

いや、ロザリアは笑顔で拍手してたよ？　それがむしろ怖かったのだ。前世の価値観を残してしまっている俺にはつらいよ、これ。

その夜、宮廷では晩餐会が行われた。帝国の高位貴族や、諸外国の使節・来賓《らいひん》が一堂に会す立食形式のパーティーである。ちなみに、この皇帝の結婚を祝う晩餐会では、貴族の社交界でありがちなダンスは行われない。なぜならあれは貴族同士の社交、横の繋がりを深めるためのものだからだ。今回の場合、結局社交の場になってはしまうんだが、形式上は皇帝の結婚を祝う場であり、貴族同士の親交を深めるのはメインではないと。だからダンスは場にそぐわないって考えらしい。

あと実は、提供される酒の量も少なめだったりする。これは帝国がケチだからとかではなく、聖一教が酩酊を禁じており、聖一教も関わる結婚という一連の儀式では特にご法度とされているからだ。その分、最高級の物を提供してるらしい。

あぁ、でも楽器の演奏とかはずっと続いている。しかし音楽に対するセンスは、俺は壊滅的なので「綺麗な演奏だな」以外の感想がない。だってこの世界の曲とか知らんし。

さて少し話は変わるが、帝国は今回の数日間にわたる祝宴《しゅくえん》について、当初の予定では『ロタール式』で行うことになっていた。これは簡略化された『ブングダルト式』と比べ、厳粛で格式高い……そして少し面倒な方式で執り行われる。しかし俺がテアーナベ連合領内で孤立し、例年より早い冬のせいで去年の間に帝都に戻れず、さらに例年より遅い雪解け……そういったいくつもの要素が重なり、当初の予定を変更せざるを得なくなってしまった。

その結果、『ロタール式とブングダルト式を半々くらい』という、非常に面倒な事態になってしまった。その差配を全て担ってくれたのが財務卿である。転封されたばかりの領地が強兵で知られるガーフル共和国軍に攻撃され、しかも財務卿としての仕事をしながらだ……マジで足を向けて眠れない。というか、不満を溜めてないか心配になる。まぁ、人手不足なので仕事は減らせませんが。

それはさておき、今回の晩餐会は宮廷の中でも、比較的奥まった場所にある広間で行われている。帝国の宮廷は複数の宮殿が存在する特殊なつくりだが、中でも門（帝国の宮廷は防衛の観点から出入り口が一つしかない）に近い方が普段使われる社交の場。冬の間に貴族が社交だのなんだのってやってるのもこの出入り口に近い方だ。

一方で、皇帝の生活スペースなどは宮廷の中でも奥の方にある。そしてそのさらに奥に過去の皇帝の墓所がある。

俺が傀儡だった頃は貴族が好き勝手してたから形骸化していたが、本来は身分によって宮廷の立ち入れる場所が決まってたらしい。高位貴族は奥の宮殿へ入れるが、下級貴族は入れない。前世で言う「殿上人」と「地下」の関係みたいなものかな。帝国では伯爵家以上が高位貴族扱いだ。まぁ、仕事のある平民や侍女は普通に入れるから、元から形骸化してるルールなんだけど。

ようはこれ、ロタール帝国時代の規則である。そして当時、皇帝の結婚など特別な場において、皇帝は普段立ち入れないような下級貴族も招いたそう。これがいわゆる『ロタール式』……その伝統に則って、今回の晩餐会は普段は社交などが行われない、皇帝の生活の場である宮殿の広間で行っている。まぁ、俺は普段執務室か謁見の間くらいにしかいないから、この宮殿では暮らしていないけど。

というかぶっちゃけ、ほとんどの宮殿は普段使われてないんだよね。全部使えるようにすると維持費がかかるから、基本的には放置している。無駄に歴代皇帝が増築したせいで、そういう宮殿がいくつもある。

まぁ、考え方はわかる。つまり、自分が新しく最先端の豪華な宮殿を建てることで、「過去の皇帝を自分は上回ってますよ」って貴族にアピールしたいわけだ。金はかかるけど、粛清だの内乱だので貴族を従わせている俺よりよっぽど平和的な手段じゃなかろうか。

閑話休題、今回「皇帝が普段使っている」ってことにした宮殿は、宮廷内で最も古い……つまり格式ある宮殿だ。ここで連日の晩餐会などは行われている。

ただ、俺が遅れた弊害も出てしまっている。本来はこの晩餐会も、数日に分けて行う予定だったらしい。理由は人が多いのに、場所が狭いから。歴史ある建物だけど、初期の宮殿だから狭いんだよね。

外国からの使節団もいるし、普段よりも警護の人数が増員されている。だが、今回晩餐会が開かれているのは、普段社交の場となる大広間ではなく、それより一回りか二回り狭い空間だ。

だから二日に分けて参列者も半々で分けるつもりだった……ところが俺がいつ戻ってくるか分か

らず、ギリギリまで予定を詰めた結果、晩餐会の日数もそれぞれ一日ずつになったと。

しかしまぁ、なんというか。目まぐるしく忙しい晩餐会になってしまった。次から次へと貴族だの外国の使節だのが挨拶に来て、それに応える……それをほとんど休憩もなく続けるハメになった。

だが忘れないでほしい、これは晩餐会……つまり普段とは比べ物にならないレベルで豪勢な料理が並んでいるのだ。なのに、食事にはほとんど手を付けられない。新手の拷問《ごうもん》か何かか。


ロザリアとの結婚の後にあった晩餐会はそんな感じで大変だった。しかもこの挨拶というのが、ただ一言二言話すだけではすまない。例えば今回出席できなかった貴族の代理できている者たちは、主に代わって挨拶と共に謝意も伝えてくる。前線を担う彼らはどう考えても今帝都には来られない、やむを得ない者たちなのだが、それでも形式上、祝いの席に参加できないことを謝罪するのがマナーらしい。当然、帝国のために働いてくれている彼らを蔑ろにできるはずもなく、俺は彼らに丁寧に対応し、謝罪を受け入れ感謝を伝えなければいけない。疲れるわ喉は渇くわだ。


そして参加している貴族も一言では終わらない。皇帝が傀儡だった時代は下級貴族も金さえ積めば俺と会うことができたが、今では用件が無ければ会わないからな、俺。この機会に少しでも顔を売っておこうと、特に下級の貴族ほど必死に時間を引きのばす。

何より、正妻となるロザリアの心証を良くしたがる貴族が多すぎた。

俺が結婚する三人のうち、二人は帝国貴族……チャムノ伯とワルン公の娘だ。そして両貴族とも、俺が宰相と式部卿を討った後に急速に台頭してきた貴族である。だから既存の元宰相派、元摂政派貴族らは比較的この二人との繋がりが薄い。チャムノ伯は宰相派だったが、娘を幽閉された上に自分を従わせるための手綱として利用されていたので、実は元宰相派貴族に対して冷淡だったりする。

その上、俺も含め割と能力主義みたいな考え方をするからな。特技が媚《こ》びを売るくらいしかない貴族連中にとっては、面白くない現状である。

だからこそ、そういった宮廷の中枢《ちゅうすう》に入り込めない貴族にとって、ロザリアは魅力的な寄生先に見えるわけだ。実家の後援のある二人と違ってロザリアなら自分たちを頼るだろうと。

まぁ、実際に心証良くしてるとは限らないんだけどね。

そんな無駄な足掻きをする連中を、ロザリアは上手く捌《さば》いていた。彼らの言葉に踊らされる訳でもなく、同時に彼らを遠ざけるわけでもなく、絶妙な距離感に留めている。下手に突き放して暴走されも困るが、変に交流を深めるとロザリアが望んでなくとも変な陰謀に巻き込まれかねない。

相変わらずロザリアには負担を強いることになるが、「これが仕事だから」と言ってくれている。非常にありがたい。

閑話休題、ナディーヌとの結婚式の後に行われた晩餐会は、ロザリアの時と比べて会場内の貴族の数は減っていた。これはワルン公やチャムノ伯傘下の貴族が既に帰還の準備を始めているっていうのもあるが、ワルン公との関係値の問題が大きいだろう。言ってしまえば、元々ワルン公と仲の良い貴族は少ないのだ。

というのも、俺が生まれる以前、ワルン公は派閥の有力貴族として宮廷の政治にも関わっていた。まぁ、当時は宰相派・摂政派では無かったのだが。

皇帝派、皇太子派に分かれていた当時、ワルン公は皇太子派に属していた。しかも派閥内でも対立があり、同派閥の式部卿とは敵対派閥の宰相以上に険悪な関係だった。……これだけで何となく、俺が生まれる前に何があったか推察できてしまう。

そんなワルン公は皇太子の死後、帝都から距離を置き中立派として孤立していた。

つまり現在に至るまで、ワルン公と当時の貴族との亀裂は残ったままなのだ。だからこそ、俺もワルン公が他の貴族と足並み揃えて悪さするとは考えにくく、それもあって即位式の頃から信任してるんだけどな。

ともかく、国内貴族の大半がワルン公と依然距離を取っている現状、ナディーヌも同席するこの場では積極的にはコミュニケーションを取りに来ないだろう。一方で、外国から来ている使節の方が変わらず挨拶に来る。だから今日は、外国の使節とはある程度話すことができるだろう……というか、この皺寄せでロザリアの時は阿呆《あほ》みたいに忙しかったのか。

まぁ、それはさておき。そんな諸外国の使節に向け、俺は結婚を報告する挨拶の後、早々に宣言した。

「最後に、余の耳に憂慮《ゆうりょ》すべき情報が入ってきた。どうもアプラーダ王国、ベニマ王国、ロコート王国の三国が兵を動かすつもりらしい」

俺は会場の全員を見渡しながら、その三国の使節の様子を視界の端で確認する。都合良く、三人とも同じテーブルに固まっていた。


どうやら三国の使節は皆、この情報を既に知っていたらしい。あるいは、そうなるかもしれないという事前情報くらいはあったのだろうか。ロコート王国の使節は全くの動揺なし。アプラーダ王国の使節は少し驚いている様子だが、動揺と呼べるほど酷くはない。そしてベニマ王国の使節は、ロコート王国とアプラーダ王国の使節の反応を窺っているようだ……なるほど、そんな感じか。


「よもやその矛先が帝国に向けられるとは思うておらぬが……万が一ということもある。帰国を望む者は帰られるがよい。余はそれを決して責めぬと誓おう」

俺は思ってもないことを白々しく続ける。まぁ言わなくても大体分かるからね。三国で共闘するなら、相手は帝国かリカリヤ王国の二択だ。

「アプラーダ王国、ベニマ王国、ロコート王国より参られた皆々には余の近衛《このえ》をお貸ししよう。よもやとは思うが、いわれのない誹《そし》りを受けるかもしれぬ。このカーマインの名に誓って、この帝都における身の安全はお約束しよう」

つまり、近衛を監視に付けるぞっていう脅《おど》しですな。あとついでに、『帝都』での安全は保証するけど、『帝国内』における安全については明言しないことで、わざと含みを持たせている。

三国の使節はほとんど反応を示さなかった。だがこれは、動揺していないからというより、反応を見られないようにわざと反応しないよう抑えているって感じだろうな。

それ以外の諸国の使節に目を向けると、やはり大体の人間がこの三国の大使に視線を向けている。まぁ、話の中心は彼らなのだからこれは当たり前の話だ。

だがそんな中、俺に視線を向ける男が一人いた。その男の名前はアスパダナ・ラング……リカリヤの王太子が、俺を見てにやりと笑ったのだった。

＊＊＊

この世界は階級社会だ。平民、貴族、そして君主……さらにそれぞれの階級の中で、より細かく分かれていたりする。貴族で言えば、公・侯・伯・子・男爵などがそれにあたる。

そしてこれは君主階級においても存在する。基本的には皇帝と皇王がそれぞれ自分がもっとも偉い立場にあると主張するし、王の中にも歴史だの血統だので序列が決まったりする。

もちろん、その階級はあくまで表向きの話であり、実力もその通りの順序とは限らない。下級貴

重視される。

族の命を握ってる商人なんか、たぶん山ほどいるしな。それでも、こういった祭祀儀礼《さいしぎれい》においては

だからこの晩餐会においても、その序列と照らし合わせ、もっとも偉い人間から挨拶に来る。そして最初の客人は、珍しく序列と実力が一致している……そういう人間だ。

「辺境にある小国の太子より、世界の中心たる帝国の皇帝陛下にご挨拶申し上げます」

芝居がかった仕草で一礼する男はアスパダナ・ラング。リカリヤ王国の王太子……次期国王がほぼ確定している男だ。

歳は俺より十歳は上だと思う。だが今のところ、この男から侮《あなど》りとか嫉妬《しっと》とか、そういう感情は見て取れない。それくらいの人間の方が相手しやすいんだけどなぁ。

確かに、リカリヤ王国は帝国より遥か南に位置する……東方大陸的には辺境の国家だ。だがその規模はこの大陸で三番目の大国。そして実力で言えば、戦に強く、今勢いある国……下手したらこの大陸でもっとも強い国家の一つかもしれない。

そして彼らには、その自負がある。だから彼は、どれほど自分たちを謙遜《けんそん》しようと「弱小国」とは言わなかった。小さくないのに「小国」と名乗るのはそういうことだ。まぁ、確かに帝国と比べれば小さいから嘘ではない。

あとは帝国を「世界の中心」と例えるのも絶妙なラインだな。世界の中心と言えるくらい繁栄し

ているという意味なのか、ただ位置しているだけという意味なのか……あぁ、小国と卑下しているから挑発でないことは分かる。

まぁ、自国のプライドと、皇帝への賛辞のちょうど良いくらいの妥協点だろうな。今のたった一言でも油断できない相手だと分かる。

「貴国を小国とすれば、大抵の国は何と呼べばいいのやら……先日は挨拶しかできず、すまなかったな」

同じ国王同士が並べば、リカリヤ王の序列は低くなる。それはリカリヤ王国が新興国で歴史が浅いから……そして血統的には、いわゆる下剋上みたいな形で成立した国家のため、もっと序列が低い。まぁ、彼ら自身は歴史上の人物の子孫を自認してるが、他国は認めてないよって感じかな。

だからこそ、リカリヤ王国はこの場にわざわざ王太子を派遣した。他の国は大抵が貴族の使節ばかり。王族がいても傍流だし、王子の場合は継承順位の低い王子だ。彼らと比べれば、国の序列が低かろうが、さすがに次期国王の方が優先される。

新興国だからと舐《な》められないように王太子を送り込んできたわけだ……随分と思い切ったことをする。

だって帝国とリカリヤ王国、別に友好国でも何でもないからな。それどころか、未だ拡張を続けるリカリヤ王国は俺にとって仮想敵国の一つだ。敵地とはいかないまでも、別に歓迎されてないこの国に大事な跡取りを送り込んで来るとはな。

「太子自らの来訪、心から歓迎しよう。貴国の厚意は、必ずや両国のこれからの関係に生かされるであろう」

「格別の配慮、感謝いたします、陛下。お初にお目にかかります、ナディーヌ妃殿下。噂に違わぬ可憐な殿下にこうしてお会いできて光栄にございます」

あ、ちなみにベルベー王はもう帰ったよ。彼は忙しい立場だ、わざわざ来てくれただけでありがたいというものだ。彼らにとっての宿敵であるトミス＝アシナクィも健在だしね。

「この度は喜ばしき両家の盟に、国を代表して祝意を述べさせていただきます」

王太子の挨拶に、今度はナディーヌが言葉を返していく。その間に、俺は彼にどう探りを入れようかと頭を働かせる。

正直、手強そうな相手だからなぁ。それに俺としても、ある程度配慮しなければいけない相手だ……これから南方三国と戦うって時に、さらにその南にいるリカリヤは敵に回したくない。だからと言って、これ以上リカリヤ王国に伸張させると確実に将来の障害となる。だから手を組んで南方三国を叩こうって策は採りたくないんだよなぁ。あまり調子に乗らせるような事もしたくない。まぁ、最悪この男からは情報を取れなくてもいいいか。

そう考えた俺が、ナディーヌの挨拶が終わったのを見計らって雑談から入ろうとしたその時、アスパダナ・ラングの方から話を振ってきた。

「しかし陛下、よもや三国が兵を興すとは……我が国からは兆候が見受けられませんでしたので……先ほどの陛下の御言葉、大変驚きました」

よく言うよ全く動揺なんてしてなかっただろうに。というかこれは「南部じゃなくて北部で兵を興してんの、そっちも分かってんだろ？」っていう意味なんだろうな。

「我が国の諜報は優秀でな。いつも正確な情報を上げるので助かっておる。彼らは余の数少ない自慢の一つじゃ」

分かってますよっと。まぁ、これは俺が「よもや矛先が～」って言ったことに対する反応だな。南方三国の南にはリカリヤ王国があり、動員した兵が北に向かわないなら、あとは消去法でリカリヤ王国と戦うことになる。

とはいえ、このリアクションで少し分かった。恐らくリカリヤ王国はこの戦いに積極的に介入するつもりは無い。だってこれ、「余計なこと言うな」って言ってるようなもんだし。たぶん今の段階では、南方三国とリカリヤ王国の関係は悪くない。

「もちろん、我々も耳にしたことはございます。大変羨《うらや》ましい限りです……あぁ、羨ましいと言えば、帝国には歴戦の名将もおられましたね。誠に羨ましい限りです」

だから南方三国が帝国に注力している隙に、彼らを背後から襲う……みたいなことは考えて無さそうなんだよな。これも「準備足りてんの？」くらいの探りだろうし。

あるいは……たぶんこの男が指す「名将」はワルン公のことだろうから、ここからその娘であるナディーヌに話を振るつもりかな。

「うむ。元帥、将軍たちの尽力なくしてラウル僭称公《せんしょうこう》を討つことは叶わなかったであろう」

一人じゃないですよっと。この様子だと、俺たちが南方三国を圧倒しようものなら便乗するってくらいなのかな。もっと積極的に動くつもりなら、遠まわしに協力を持ちかけるか、もっと積極的に探ってくるかだと思う。

「陛下の鮮やかな勝利は我が国にまで届き、詩人の歌うシュラン丘陵での栄光は民草の間でも人気となっております。こうしてお話しできるとは、正に望外の喜びにございます」

白々しいなぁ。というかそれ、興味ないから聞いてないけど確実に脚色された話だ……予想では
ナディーヌも戦場にいたって設定になってるんじゃないか。その方が創作《お話》として都合よさそうだし。

「はっはっは。兵や諸侯はよく働いてくれたが、余は何もしておらぬ。その手の話は脚色されるからな、それほど華のある戦いでもなかった」

後半は少し声を落として、王太子とナディーヌ以外には聞こえないように話す。

たぶん、俺に探りを入れるより、ナディーヌの方が簡単だと判断したのだろう。それ自体は間違っていないが、狙いが分かるなら俺でも防げる。


その後もしばらく会話したが、やはり狙いはナディーヌらしい。俺はなるべくナディーヌに話を

振られないように会話を回していく。別にナディーヌが大きなミスをすると思っている訳ではないが、上手く返せないと気にして引きずるタイプだからな、ナディーヌは。晩餐会はまだまだ長いのに、ここで気落ちさせるわけにはいかない。

総合的に、このアスパダナ・ラングという男は間違いなく優秀だ。短い会話だけでそれは分かった。ナディーヌに探りを入れようとする勘所も悪くないし、何より散々俺に邪魔されてるのに、感情的にならないし無理やりナディーヌに話を振るなんてこともしない。

ただ、若いなと思った。いや、十五歳のガキが言えることではないのだが。これでもっと搦手《からめて》とか使ってくるようになったら、手に負えなくなるかもしれない。

とはいえ、油断できるような相手ではない。だから正直言って疲れた……これが一人目って。しかもこの優秀な奴が将来的な敵になりそうって……本当に気が滅入るんだけど。

あぁでも、見えないところでナディーヌが袖を握ってきていたのは可愛かった。自分が守られてるのはちゃんと分かるらしい。

「おっと、これは申し訳ない……つい長話をしてしまった」

そろそろ頃合いだと見た俺は、話を打ち切ることにした。まぁ、リカリヤ王国のスタンスは分かったし、こちらの知られたくない情報は守れた。

「いえいえ、なかなか有意義な話し合いでした……お互いに」

アスパダナ・ラングは最後にそう言い残すと、再び挨拶をして俺たちの前から退いていく。

最後の一言からは悔しさに近いものがにじみ出てる気がした。その負け惜しみが若さの証拠でもあるんだが、これで完全に意識されたなって気もする。ライバル視とかされるの、嫌だなぁ。若いってことは伸びしろもあるってことだし。


そんな俺の気分とは別に、晩餐会は続く。まだ一人目が終わっただけとか……はぁ。

「次は任せたよ、ナディーヌ」

次はゴディニョン王国の王子だ。比較的友好国だし、小国だから多少のミスも問題ない。

まぁ、これが外野のいない状態だったら、大国の太子相手でも経験を積んでもらいたいんだが……残念なことに、ここは社交の場だ。多くの人間がいて、そして彼らは大抵、皇帝の言葉に聞き耳を立てている。だからこっちも気が抜けない。

「分かったわ」

そう、それでいい。ナディーヌはまだ成長途中なんだ。今日のこれは経験を積むいい機会にもなりそうだ。

紳士的な探り合い

「両家の盟に祝福を」

どの国の使節も使うその言葉は、意味としては「結婚おめでとう」ということだろう。こういうところからも、結婚が家と家の同盟契約であるのがよく分かる。

そして祝意を述べるだけで終わる使節はいない。向こうから帝国の事情や俺の考えを知ろうと探ってきたり、俺からも探ったりするからだ。

まぁ、俺としてもかなりの収穫になった。というのも……挨拶に来るのは、君主の代理として来ている人間だ。その人選は国によって異なるが、基本的には外交能力とかではなく、その者の爵位などで選ばれているようだ。もちろん、それとは別に外交官も送られてきているが、晩餐会のような格式が優先される場で皇帝に挨拶するのは、あくまで使節の方。外交官は会場の外で他国の外交官と会っている。

だから俺としても予想外なことに、挨拶に来る使節の反応はかなり分かりやすく、楽な相手が多かった。単純に最初の一人が面倒なだけだったらしい。

あと今まで俺は、外務卿も兼任し、諸国の外交官とも交渉したり、交流したりしてきたんだが……そのイメージで相手してたら全然違った。平和な時代の外交官とは違い、この時代の外交官はちゃんと命がけだ。相手の気分次第では、捕らえられそのまま獄死なんていうのもよくあることだし、自国からも敵国からも内通者扱いされる危険がある。だから外交官は口が達者だったり、腹の探り合いが上手かったりは当たり前で、その上で命を懸けるってくらい、覚悟の決まってるやつが結構いる。

そんな連中ばかり相手してた時は分からなかったが、こうして比較するとだいぶ違うな。使節らの反応から、その国の事情とか考えがうっすらと読める気がする。

例えば皇国。今回来た使節は高齢で、恐らくほとんど政治のことが分からない人間だ。お陰で皇国が何考えているのかは全然読めないが、他国の使節とも積極的に交友しようとしないあたり、おそらく国内に問題があり「外」の話どころじゃないように見える。天届山脈以東《いとう》の諸国が皇国の使節とあまり交流してないのがその証拠だ。本来、山脈以東でリーダーシップを《偉そうな顔を》発揮する国が、これだけ静かなのは流石におかしい。

カルナーンとサマ王国はリカリヤに相当追い込まれているようだ。もはや両国が協力するくらいしか生き残る道は無さそうだが、過去の歴史に致命的な問題を抱えており両王家の関係は絶望的。

彼らを支援するべきかは、微妙なところで判断に迷う……帝国の助力を仰ぐ割に具体的な見返りがないのはちょっとね。今はリカリヤと事を構える余力なんてないし。

もうすぐ帝国が交戦するロコート王国から見て南に位置するダウロット王国、東に位置するゴディニョン王国の二国は、ロコート王国と敵対しているが余力はないって感じらしい。

ゴディニョンは小国ながら多くの国に囲まれてるから分かる。俺も彼らとは仲良くしたいから、友好的に接するし、無理にロコート王国と戦えとは言わない。

問題はダウロット王国……彼らはつい最近ロコート王国相手に大敗して、その立て直しがまだ終わってないようだ。じつは俺の父親であるジャン皇太子の妹の一人が、このダウロット王家に嫁いでいたりする。だから帝国に対し友好的だし、万全の状態ならロコート王国を挟撃《きょうげき》できたはずなんだが……まぁ、かなりの大敗を喫し、将軍とかかなり討ち取られたらしいからなぁ。無理に兵を動かせと言えるほどの影響力はないし。

というか、このタイミング……むしろ順序は逆か？　ロコート王国はダウロット王国に大勝して、背後の憂いが無くなったから帝国に仕掛けてきたんじゃなかろうか。ダウロット王国を叩いて余裕が生まれたロコート王国としては、ガーフル共和国や反乱軍相手に忙殺されてるように見える帝国が隙だらけに見えたはずだ。

あとベルベー王国とエーリ王国の使節とは、ヴェラ＝シルヴィの結婚も終わった後に、改めて会談の場を設けることを決めた。ちなみにベルベー王国の使節はサロモンだった……お前ずっと帝国にいたけどそれでいいのか……？　あと、外交官としてセルジュ＝レウル・ドゥ・ヴァン＝シャロンジェも来ている。恐らく会談の際はこの男も出てくるだろう。個人的に評価の高い外交官だし、帝国に雇われる気はないかもう一度聞いてみようかな。

北の中堅国、ヒスマッフェ王国には過剰なくらい丁寧に対応した。ヒスマッフェ王国は皇国と対立してるし、北方大陸とも繋がりが深い。彼らと強固な同盟が結べれば、ガーフル共和国を南北で挟撃できる……帝国的にはメリットが多い。だが彼らの方はあまり乗り気ではなかった。対皇国では協力するが、対共和国には賛同してくれ無さそうだった。地理的に、ガーフル共和国を片付けないとヒスマッフェ王国と帝国は連携を取りづらいんだがな。

まぁ、これまで帝国とヒスマッフェ王国はあまり交流が無かったからな。そのせいでハードルが高いのかもしれない。今後も使節を頻繁に行き来させることで合意した……彼らとは今後に期待だな。どっかにちょうどいい縁は転がってないもんかね。

その他、山脈以東の国については、ほとんど交流もなく軽く探って終わりだ。だがここでも、皇国の影響力の低下は見て取れる。それで皇国が弱体化するのは今のところ良いが、この感じ……嫌な予感がする。嵐の前の静けさってやつだ。

反皇国の立場にいるプルブンシュバーク王国とメザーネ王国、リンブタット王国が積極的に交流の場を求めてたのも、たぶんこの隙に皇国を攻撃できるようにってことなんだろうけど……そこまでの余裕は帝国にないしなぁ。彼らとはこれからも外交官を行き来させることで合意した。

あぁ、でも確かフィクマ大公国の使節は俺と一対一で話したがっていた。皇国をはじめとする他国の使節の前では話したくないとのこと。

狙いは定かではないが、フィクマ大公国は長年、皇国と結びつきの強い国だ。皇国の事情をより深く知れるチャンスかと思い、今日の深夜か明け方頃に部屋で会うことになった。晩餐会の後はワルン公らと会議して、その後に彼らと会うことになる。

流石に罠とか暗殺の危険性もあるから、近衛と密偵で固めないとなぁ。……これは寝る暇が無さそうだ。

そして問題の南方三国、それと交戦中のガーフル共和国の使節について。

帝国が南方三国とまとめて呼ぶことの多いアプラーダ王国、ベニマ王国、ロコート王国の三国は、攻防共に機能する軍事同盟を結んでいる。つまり、どこか一国が同盟以外の国家と開戦した場合、どちらから仕掛けたかなど関係無しに無条件で同盟国として参戦する。

だから俺はこの同盟を切り崩そうと揺さぶってみたりしていたんだが、足並みを乱すことには成功したものの、同盟を解消させることはできなかった。

そして南方三国の徴兵状況から、皇帝の結婚関連の祝祭が終わり次第、ロコート王国が宣戦、同盟を理由に他二国が参戦って流れまでは読めている。だが同時に、あくまで現段階は開戦前だ。こちらは警戒して準備こそすれど、南方三国の使節を敵として扱う訳にはいかない。

その三国の使節は、特に目立った動きは無かった。だが、逆に言えばそれがおかしいとも言える。今は開戦直前なのだ……もっと反帝国的なロビー活動、自分たちの正当性の主張、他国の使節に協力の打診や帝国貴族へ揺さぶり等々、できることもするべきこともたくさんある。

だが彼らは、一つのテーブルに集まってほとんど動きが無かった。あるいは、こちらの監視をそれほどまで警戒しているのだろうか。

個別で会話した印象もやはり変だ。こちらの様子を探るまでもなく、儀礼的な挨拶に終始している。これから戦う相手に対してあまりに消極的過ぎる動きだ。そのくせ、こちらの会話に簡単に乗ってくるから、彼らの言葉や態度から三国の姿勢が少しだけだが読み取ることができる。

まずロコート王国の主目的は国内の帝国貴族の反乱を完全に平定することだ。しかしいくら追い詰めようが帝国領に逃げ込まれたら負えないし、そもそも帝国がこの反乱を支援していそう……だから帝国に宣戦布告しようって流れだと思う。なんというか、彼らからは危機感みたいなものが全く感じられなかったし。

まぁ、ロコート王国に続いて参戦することになるベニマ王国、アプラーダ王国の使節からもそういうのは感じられなかったな。特にアプラーダ王国なんて、交渉の継続を訴えてたぞ。

あ、この交渉って俺が提示した『ベニマ王国を帝国含む三国で分割する』って案のことね。完全にブラフなんだけどまだ本気にしてるのか。しかもこれからそのベニマ王国と肩を並べ、帝国と戦おうって時に。


この三人は目立たずこの場をやり過ごそうとしているかのような、そんな印象を受けた。

これが熟練の政治家で、俺のことを騙《だま》したり罠にはめようとしたり、あるいは俺から情報を聞き出そうとしているなら分かる。だが、どうもそういう感じもしないんだよなぁ。こっちの揺さぶりにか簡単に引っかかるし、表情も分かりやすい、まるで本当に純粋な友好の使節として送られたような……いや、そうか。意外とそうなのかもしれない。

この三人の使節の身分は、来客の中でも優先されるべきものでは無かった。各王家の血は流れているがそれほど高位の貴族ではなく、自国で重要な役職に就いている訳でもない者たちだ。


ということは、この三人は捨て石みたいなものか。今回は帝国側の密偵が早い段階で掴んだが、もし掴めてなかったら何も知らない彼らに友好的に振る舞わせ、油断したところをって算段だったのかもしれない。

下手したらこの使節たちには、帝国と開戦することすら知らされてなかった可能性もある。

あれ、でも全体に向けて俺が話した時、三人のリアクションは薄かったんだよな。あれは自国が兵を動員することを知っている感じだった……と思ったんだけどなぁ。

これ以上は正直、分からん。リカリヤの王太子くらい狙いがはっきりしていてもらわないと困るんだけどなぁ。足して二で割れない？　君たち。

ただ、そんな中途半端な彼らとは裏腹に、同じテーブルでも積極的に動いてる男がいた。

＊＊＊

その男に抱いた第一印象は嫌悪だった。卑屈《ひくつ》な笑みを、丸まった背、肥え太った体型、趣味の悪い宝飾品……中でも人差し指に付けられた指輪は、自分の富を主張するかのように巨大だった。

「奸臣《かんしん》」と聞いて想像する典型的な男という感じだろうか。

だが同時に感じる強烈な違和感。それが何か考える前に、男が口を開いた。

「お初にお目にかかります皇帝陛下。私はステファン・フェルレイと申します」

その声に、思わず鳥肌が立つ。本能的な嫌悪と言っていい。どうしようもなく気持ち悪いと感じてしまう。

ガーフル共和国の使節は、先日は違う男だった。なぜロザリアと結婚した時の晩餐会にはいなかったのか……何か良からぬことを裏でやっていたのかもしれないと、そう思わされるこの男は……ガーフル共和国における実力者の一人だ。

「お久しゅうございます、ナディーヌ妃殿下」

湿っぽいというか、ねっとりとした声だ。自分の妻にその声で話しかけられたことが、不快に思えて仕方がない。

「えぇ、久しぶり」

消え入りそうなナディーヌの声……それは嫌悪で震えていた。たぶん、この男を見た人間は全員同じ感情を抱くんじゃないだろうか。


ガーフル共和国は、彼ら自身は「ガーフル王国」と名乗っている。その王は血統により選ばれるのではなく、ガーフル人の大貴族の中で選挙が行われ、選ばれた者が王となる。その特徴は、この選ばれた王に全く何の権限も与えられないこと。形だけの王を置き、あらゆる法、外交、内政が大貴族による選挙で決定される。その実態は貴族共和制である。

故に、周辺国はこの国を王国とは認めず、共和国と呼ぶ。そのガーフル共和国において、ステファン・フェルレイは選挙権を持つ大貴族の一つ、しかもその当主である。話によると、反帝国を掲げる「主戦派」に対し、帝国との協調を訴える「穏健派」ともいえる派閥、その中核の一人であるとのこと。

しかしその評判は帝国貴族の間でも最悪だ。自己の利益のみを優先し、祖国すら売るような売国奴。帝国の貴族にはお抱えの商人のように媚びへつらい、豪遊を好む俗物らしい。

それでもガーフル共和国の中では帝国に近しい立場とみられる彼は、これまでも何度も帝国に出入りしていたらしい。残念ながらその時期の俺は傀儡であり、会ったことは一度もない。しかしナディーヌはワルン公と共に会ったことがあるらしく、この男が会いに来る前に耳打ちしてくれた。

ナディーヌ曰く、何故かは分からないが嫌悪感を抱くらしい。

「此度は偉大な両家の盟に祝意を述べさせていただきます」

そう言って頭を下げるステファン・フェルレイ。ふと、その異様に大きい指輪が何かに似ていると思った。

「よくも俺の前に顔を出せたな。あのようなあくどい手を使い、我が国に奇襲を仕掛けておいて」

気づけば、そんな言葉が口から出ていた。正直、この男との会話を早く終わらせたくて仕方がない。

「えっ」

隣から、ナディーヌの声がした。いったい、何に驚いて……ちょっと待て、今「俺」って言ったか!?

「ははあっ。申し訳ありません、アレは一部の過激派の暴走でございまして」

そのまま土下座でもするのではないかと思うほど、頭を深々と下げるステファン・フェルレイ。

その指が一瞬、指輪に付いた巨大な宝石に触れる。

その瞬間、俺は目の前の男がどうしようもなく情けないような、取るに足らないような人間に思えた。こんな俗物に時間をかけるとかどうかしている。適当に聞き流して次の客を呼ぼう。そんな感情が湧き上がると同時に、俺は体内の魔力に全力で意識を向けた。

焼け石に水程度だろうが、意識を目の前の男から少しでも逸らすことで、オーパーツの影響を弱める。

「どうだかな……貴様の噂は聞いているぞ」

してやられた！　こいつ、他国の宮廷に堂々とオーパーツを持ち込みやがった。既にオーパーツの影響範囲にいる以上、洗脳系のオーパーツなら完全に影響を排除することはたぶん無理だ。

古代の、今よりもはるかに進んだ魔法文明時代の産物……それがオーパーツだ。その存在を知っていても、分かっていても、これは躱《かわ》せない。

あるいは魔法を使えばどうにかできるのかもしれないが、これだけ人の目がある状態でそのリスクは冒せない。

それでも、意識を逸らしただけで大分マシになった。目のピントをずらし、男の外見的特徴から意識を外す。だが声はどうしようもない。

「そのような！　あくまで噂に過ぎません」

オーパーツの存在と、それが思考能力に影響を与えるものが多いという事前知識。ナディーヌの気づき、そして同じくオーパーツの一種と思われる、『シャプリエの耳飾り』の存在……あれも魔道具になっているのは宝玉の部分だ。それら全てを知っていなければ、何も分からずに乗せられていた。

「まぁよい。それで貴様、ガーフルの代表として来たのであろう。敵と話すほど余は暇ではないのだが？」

それだけの要素が重なっても、気づいた時には遅かった。それでも、完全に無防備になった訳ではない。

演じろ、演じろ……。横暴な皇帝を演じろ。これは演技だ。

俺は自己暗示をするように、自分に言い聞かせる。これで抵抗できてるかは分からないが、少なくとも素で話して良い状況ではない。せめてそのくらいは抵抗しろ。

「いえいえ。私は帝国恭順《きょうじゅん》派でございますから……反帝国などと畏れ多いことを言って聞かない連中とは違うのです」

その声に、俺は哀れみのような感情を抱く。さっきまでは生理的な嫌悪だったのに、今は酷く情けない存在、取るに足らない存在の言葉だと思えてしまう。

「ほう、恭順派ね。口では何とでも言える」

「もちろん、可能な限り陛下にご協力させていただきますとも。しかし、私の力は貴族の中でもあまり強くなく」

おそらく、あの指輪に触れた時にチャンネルが変わったのだろう。

最初に嫌悪感を抱かせ軽度の緊張状態にし、次に侮りの感情を抱かせ緊張を緩ませる。対象は相手を取るに足らない存在だと思い、油断する。自分が圧倒的優位にいると勘違いした対象は、貧しい物乞いに食べ物を恵む感覚で、相手が望む言葉を吐いてしまう……そんなところだろうか。


「貴様ならばそうだろうな」

というか封魔結界の中なのに普通に発動するのかよ。出鱈目な性能だ。

「はい……それに、このことがバレでもしたら……」

封魔結界の魔道具の内部構造は、元はオーパーツだったものがたまたま量産できているって感じらしく、実のところよく分かっていない。だがその仕様は予想がつく。

恐らく、この世界の空気中に存在する魔力の強制固定。だから脳内でイメージし、空気中の魔力を使って魔法を発動する一般的な方法では魔法が使えなくなる。そしてこれは魔道具だろうが同じはずだ。だから暗殺対策で、宮廷では常にこの魔道具が起動している。

「ふん、この期に及んで保身か」

ただし、魔力を通さない材質によって密閉された空間内では、魔力は固定化されず魔法も使える。俺が帯剣している『聖剣未満』の鞘《さや》もそういう材質らしい。

ではこの場合は？　あの指輪で発動した魔法が、俺の脳に飛んでくるというのなら、封魔結界の干渉を受けるはず。もちろん、俺の知らない理論で抜け道があるなら分からないが……むしろあり得る可能性としては、あの魔道具の発動対象が俺ではなく相手の方だった場合か。

「なにとぞ、ご慈悲を」


「……まぁいいだろう」

よく考えると、相手を直視しないようにしただけで少し効果が弱まっているっていうのは、俺の脳に直接影響を与えているならおかしい。それなら視覚情報に効果は左右されないはずだ。

「ありがとうございます。今帝国と戦っているのは全ガーフル貴族ではなく、過激派……あくまで一部の、暴走した主戦派のみ」

ならあり得そうな効果は……ステファン・フェルレイの特徴の一部を抽出して強調する、みたいな効果か。最初は外見や声の「嫌悪感を抱く部分」だけを強調していて、今は「侮蔑や哀れみを抱く部分」を強調している……そういう魔道具ならまだあり得そうだ。

「それをお認め頂ければ、私も陛下のお役に立てます」

「いいだろう、認めよう」

しかし、それはそれで疑問が生まれる。全ての人間が嫌悪を抱く声、全ての人間が哀れみを抱く声なんて。果たしてそんなものが存在するのだろうか。嫌悪はあり得るかもしれないが、哀れみって……全ての人間が一律に感じられるものなのか？

まぁ、仕組みを簡単に理解できれば「オーパーツ」なんて呼ばれないか。

「ありがとうございます」

ふと、急に俺は目の前の人間がどうでもよくなった。喋る価値もない……って、またチャンネルが変わったのか。

「では失礼いたします」

そう言い残すと、ステファン・フェルレイはそそくさと逃げるように去っていく。

俺は、男に言葉をかける気にもならなかった。その為に、声を発するのすら勿体《もったい》ない。

……というか、俺のこの異常な態度を見ても、近くの貴族も他国の使節も、だれも驚いたり不審な目で見たりしていない。まるでステファン・フェルレイが嫌われるのは当たり前だというように、このやり取りを眺めている。どんだけ効果範囲広いんだ、そのオーパーツ。

男がある程度離れたところで、ナディーヌが俺に対して、小さな声で謝った。

「ごめんなさい。なんだか私、おかしくて」

俺はそこで、ようやくオーパーツの影響下から離れたことに気が付く。

全身が粟立つ。だが良かった、あのオーパーツの効果は永続ではないらしい。

「いや、ファインプレーだ。自分では分かってないと思うけど、本当に助かった。ナディーヌのお陰で気が付けた」

最後のは無関心か？　これで俺の興味を失わせ、追撃を封じるのか。

……気持ち悪い。これはあれだ、泥酔《でいすい》して起きたら知らない街にいた……みたいな。記憶は何となく残っているけど、なんでそんなことしたのか覚えていないみたいな……そういう感覚に近い。

あの野郎、人の宮廷に堂々とオーパーツ持ち込むんじゃねぇよクソが。

というか俺は今、何を約束した？

……うわ、交戦相手がガーフル共和国からガーフル共和国の一部にすり替わってやがる。

これであの男は、ガーフル人でありながら帝国と過激派の間を取り持てる中立派の立場を取れるようになった。穏健派は安全圏になってしまった。

「ふぁいん……？」

俺は思わず、ナディーヌの頭を撫でる。気づけなかったら、もっと酷い言質を取られていたかもしれない。一部の過激派の暴走ってことになっても、ガーフル貴族と帝国が交戦していることには変わらない。少なくとも、帝国の戦略を見直す必要のある約束はしないで済んだ。

それでも今の一連の会話、何人もの貴族や外国の使節が聞いてしまっている。今更撤回はできないし、それを分かっててこの場で仕掛けてきたんだろうし。

普通、催眠状態みたいな相手の言葉を言質にするのはおかしいと思うんだけどな。

……そうか、だからロザリアの晩餐会の時はいなかったのか。挨拶しかできないと大したことできないし、初見殺しに近いオーパーツだったから今回まで隠しておきたかったと。

「衛兵っ！」

ともかく、気分は悪いが最悪ではない。講和の際に開戦の責任を追及できる相手が制限されたが、……少なくとも穏健派のステファン・フェルレイの責任は追及できなくなったが、別に今回の戦争でガーフル共和国を滅ぼすつもりはない。許容の範囲内だ。

「はっ」

呼びかけに応じて近づいてくるバルタザールに、俺は試しに命じた。

「奴の後を追え」

「はぁ、必要ですか？」

近衛のトップを任せている男の、気の抜けた声……あんな奴に時間を割く必要があるのかと、ステファン・フェルレイを如何にも軽視しているのが分かるその声色を聞き、俺はため息をついた。

「いや……そうだな。たぶん無駄だ」

バルタザールの位置まで効果範囲だったか。そしてオーパーツの影響を受けていた自覚のないバルタザールには、それが都合よく植え付けられた印象だと判断できない。

「少し疲れた。休憩を挟もう」

それに俺の勘では、ステファン・フェルレイはその足でもう、この宮廷から離れている。

というか、もしかして南方三国の使節に、自分たちの国が帝国相手に戦争を興そうとしているって教えたのもステファン・フェルレイか。

テーブル配置や彼らといった時間的にその線が濃厚。ただその時点での俺はオーパーツの対象にはなっていないそう。

発動したのは外見的特徴に注視したタイミング、挨拶をされたあの瞬間だろうな。

オーパーツ対策、真剣に考えないとマズいな……どうすっかなぁ。

利害の一致

休憩の後、外国からの使節の対応も一通り終わった。ナディーヌはやはり、自分が催眠に近い状態にあったことを理解できていないらしい。しかしなんとなくでも苦手意識を持ててるだけマシだろう。

ちなみに休憩の際に、おそらくステファン・フェルレイと接触していなそうな密偵、近衛を選んで、彼を追うように命じた。すると彼らはすんなりと従った。まぁ、無駄だとは思うが、彼の方が油断してまだ帝都に残っているようなら殺すことも視野に入れている……が、このように無関係の人間には効いていないことを、本人が分かっているなら既に逃げられているだろう。

まぁ、あの男……というかあの指輪はいずれ潰すとして、俺は気持ちを切り替えて再び晩餐会の席に戻る。外国からの使節の相手が終わったのなら、次は国内の貴族らの相手だ。

だがこちらについては、ロザリアとの晩餐会に比べて人数が少ない。ナディーヌと教会で婚姻のサインを書いていた時から、ワルン公やチャムノ伯らの領地、及びその周辺の下級貴族らはもう自領へ帰還し始めていた。

この時代、貴族たちにとって土地は生命線だ。領地が無ければ基本的には収入が得られないからな。しかし土地さえあれば、そこから税という収入が得られる。それは最底辺の、男爵家でもだ。その代わり、土地を失えばそれは領主の責任。基本的に誰も補填《ほてん》しない……だから彼らは、必死で自分たちの土地を守ろうとする。

……まぁ、戦って守るのか、相手に内通したり寝返ったりして守るのかは人によるけどな。

一方で領地を持てなかった貴族や失った貴族は、収入を得るためにどうにかして大貴族や皇帝に取り入って、その直轄領の「代官」にしてもらう。こちらは土地の所有者はあくまで領主であり、代官は領主に雇われ収入を得ているだけに過ぎない。

それが本来の仕組みだったのだが……皇帝直轄領においては、俺が傀儡だった時代にこの代官連中がかなり好き勝手やっていた。賄賂、脱税、領地の私物化などなど。そんな腐った連中をまともな人間と入れ替えたいのだが、一気にやると反乱とか起こされそうだし、少しずつ断罪して入れ替えている。

まぁ代官共の話は置いといて、土地持ち貴族たちは今回の戦争ではまともに戦うだろう。

理由は南方三国と戦うことになる前線の領地は、ほとんどがワルン公とチャムノ伯の領地だからだ。そしてこの二人には、前回の論功行賞でかなりの土地を与えている。つまり、それだけ力を持った貴族になったということだ。動員できる兵力も今までより多くなる。

彼らに逆らって相手に内通するとか、普通に考えればリスクが高い。南方三国の前にワルン公かチャムノ伯に潰されるからな。それなら全力で南方三国相手に戦った方がいい。特にこういう戦争の時、たとえ領地を失っても奮戦していれば、その功が讃《たた》えられ領地を取り戻せたり別の土地を与えられたりするからな。俺が論功行賞で戦死したアーンダル侯を讃えたように。


閑話休題。ともかく、やる気のある連中は既に領地に帰っており、この帝都に残っているのは大貴族と前線にいない下級貴族、あとはそもそも土地を持っていない貴族たちだ。とはいえ、領主が来ていなくても代理の人間が祝福を述べに来たりはする。

「お久しぶりです、陛下」

そう言って挨拶に来たのはトリスタン・ル・フールドラン。エタエク伯領傘下の子爵だ。今回はエタエク伯の代理で来たのだろう。

「お久しぶりです、ナディーヌ妃。此度は誠に……」

彼が俺たちに祝意を述べている中、俺はふと、隣に座るナディーヌの方に視線が向いた。

基本的に生真面目なナディーヌは、こういった正式な場では正しい返答をしようとする。正解とかにこだわるタイプだ。だから相手の話を集中してよく聞く。

そんな彼女にしては珍しく、目の前の人間が挨拶の口上を述べる最中に、どこか心ここにあらずと言った風に宙を見つめていた。

「どうした、ナディーヌ」

さっきのオーパーツの件もあり少し心配になった俺は子爵に対して少し無礼な態度と分かりつつも、小声でナディーヌの様子を確かめる。

「キアマ市にいた時、私に対して失礼なくらい砕けた態度だったのよ、この男」

「……両家の盟に祝福を」

俺は思わず、たった今祝意を述べたフールドラン子爵をまじまじと見つめる。俺はエタエク伯軍とシュラン丘陵で合流したとき、子爵とは実は何度か喋っている。その時の印象は別に普通の貴族感じだったのだが。

「その差で驚いていたのか」

俺がそう尋ねると、ナディーヌは首を横に振りながら答える。

「違うわ……ううん。そうね、それもあるかもしれないわ。けどそれより……この男の無礼を許せた理由に自分で気が付いて、何とも言えない気持ちになったのよ」

……なんじゃそりゃ。

「あまり変なことを陛下にふきこまないで頂きたい」

子爵の言葉に、ナディーヌは責めるような目つきで返す。

「貴方、陛下の前ではそんな感じなの」
「当たり前ではありませんか」
さては仲いいな、この二人。
……ナディーヌって、俺と同じで親しい相手にはちょっと雑になるんだよね。

俺は幼いころからのナディーヌを知っている。その時の彼女は、誰を相手にしても突っかかる感じだった。

だが成長するにつれ、社交の場に慣れたり貴族としての振る舞いをちゃんと学んでいくうちに、表向きには落ち着きを得たというか、誰相手でも突っかかったり声を荒げたりはしないようになった。けど本質は変わってないから揶揄《からか》うとキレるし、よく声を荒げる。でもそれは、ある程度関係の深い人間相手だ……それ以外の相手には、たとえ怒りの感情を抱いても我慢しようとする……まぁ、できるかは置いておいてだ。少なくとも、口調は崩さない。

そんなナディーヌが口調を崩す相手っていうのは珍しいと思う。

ちなみに、ロザリアとも親しいナディーヌだが、彼女に対しては多少崩しているものの、友達というより姉に対する雰囲気だ。どうやらナディーヌにとって、ロザリアは憧れの存在らしい。まぁナディーヌから見たロザリアは、三つ年上で自分に優しくて、色々と気にかけてくれて、礼儀作法とか貴族としての立ち居振る舞いも完璧って感じだからなぁ。

「それで、何か用でもあるの」

少しイラっとした様子のナディーヌが、そう子爵に尋ねる。二人がシュラン丘陵での戦いの際、キアマ市にいたことは知っているのだが、ここまで仲良くなってたのは意外だった。

……あぁ、ナディーヌが以前言ってた、財務卿に連れていかれた優秀な奴って子爵のことか。

「あー、はい。ですが今はちょっと……少し、後でお時間を頂けないでしょうか」

頭をかきながら、申し訳なさそうにする子爵。俺はいつなら空いているかと考えていたが、そこでナディーヌが先に答えた。

「ならこの会が終わった後、陛下の寝室に来たら?」


「……は？　正気か」

思わずと言った様子で、そんな言葉が子爵の口からこぼれる。

まぁ、子爵も既婚者だし。結婚して宴を開いて、その後の夜っていうのがどういうものなのか当たり前だが分かっている。だから驚いたのだろう。

「成人までダメと言われたの。だから暇なのよ。お父様……ワルン公と、ニュンバル侯とチャムノ伯を呼んで会議するっていうもの。彼らに聞かれても問題ないというなら、その時に来なさい」

「あぁ、そいつは……可哀そうに」

「貴方の方こそ、素が出てるわよ」

ジト目でそう言ったナディーヌに、子爵は軽く笑い、肩をすくめる。

だが次の瞬間には切り替えるように、貴族の見本ともいうべき丁寧な所作で一礼した。

「では、後ほど伺わせていただきます。機会を頂き、感謝いたします」

そう言って俺たちの前を後にする子爵を見送る中で、ナディーヌがそっと耳打ちする。

「たぶんあいつ、貴方と気が合うわ……ちょっと似てるもの」

分かる。俺も実はそう思ってた。

＊＊＊

またしばらくして、次の貴族が挨拶に訪れた。

「両家の素晴らしき盟に祝福をォ」

「ありがとう、ドズラン侯」

心にもない言葉をどーも。


ドズラン侯爵家は、ブングダルト帝国としては名門と言っていい家柄だ。ブングダルト帝国三代皇帝シャルル一世の末子であるルネーによって興されたこの家は、その初期は帝国有数の大貴族であり、それは彼の息子シャルルが四代皇帝エドワード二世の養子となり、シャルル二世となったことからもうかがえる。だがその後は年々勢力を低下させ、アロワの代には領土の一部をアプラーダ王国に奪われ、その上宰相派にも摂政派にも参加できない中途半端な位置にいた。

だが俺が二人を討ち、内乱を開始したタイミングでアロワは息子の罠にかかり殺された。それがアンセルム・ル・ヴァン＝ドズラン……父と兄を争わせ、まんまと漁夫の利を得てドズラン侯領を押さえた男。シュラン丘陵では最後まで不確定要素として戦場において危険な存在だった。

そのくせ、まだ俺に対し反旗を翻《ひるがえ》してはいないから殺してしまう訳にもいかない……限りなく黒に近いのに、グレーどころか白として対応しなきゃいけない、そういうやつだ。


「グァッハ、そのような恐ろしい顔を為されるなァ」

その特徴的な声と変な笑い声。俺は嫌いだね……これもオーパーツのせいじゃないよな？

「……その様子だと、何か用があるのか」

「然り、このような場で申し訳ありませんがァ……どうか一筆頂きたいと思いましてェ」

このような場でっていうか、よくその立場で要求できるなって思うけどな。この男はまともな臣下を演じる気もなければ、取り繕《つくろ》う気すらないんじゃないかと思えるほど、その野心を隠そうとしない。

というか、クシャッド伯を見逃した件、まだ許していないんだが？


「聞くだけ聞いてやろう」

「アプラーダ王国に占領されている我がドズラン侯領の一部についてェ、その領有権は確かにドズラン侯爵家にあると認めていただきたく思いましてェ」

まぁ、言ってることは道理だ。奪われた給料を奪還次第、自分たちのものだと認めてほしいってだけの話だ。

だが、問題はそれをコイツが言っているところなんだよなぁ。こいつがシュラン丘陵に現れた際、率いていた兵は南方三国の傭兵だった。つまりコイツは、確実に連中とつながりがある。そんな奴が、アプラーダ王国と素直に戦うとは思えない。

しかもこの言い方、戦うとはまだ言ってないんだよな。

「それで？」

言いたいことはそれだけかという意味で、俺は突き放すように言う。相当な見返りがなきゃ認めてやんねぇ。

「それともう一つ、開戦次第アキカールの反乱鎮圧ではなくアプラーダ領に侵攻する許可を頂きたいィ。そこまで頂けるなら我が軍の一部をワルン公領へ送りましょォ」

この野郎、対価を提示する前にさらに自分の要求を重ねるとか、どこまで俺を舐めているんだ……本当にこいつは。

「……いや、そういうことか」

俺は意味を理解し、思わず舌打ちをする。なるほど、これは情報を先払いってことか。

こいつは南方三国と繋がっている。それがどのくらいの関係かは分からないが、そんな男がわざわざ「ワルン公領に兵を出す」と言っている意味……それはつまり、南方三国の戦争戦略が、対ワルン公領方面に兵力を集中すると、そう言っているようなものである。

だが問題は、これが真実かどうかだ。罠に嵌《は》めて自分が……とか平気でできるタイプだろうし。

……だが完全に嘘とは言いきれない。戦略的には十分にあり得るな。

まず、地理的には東西南の三方向から攻撃されるワルン公領は、敵から見たら攻略しやすそうな場所にある。ベニマは素直に北に進めばワルン公領だし。ロコート的にも山がちな帝国東部方面より、肥沃なワルン公領の方が攻めやすい。アプラーダの場合はどうだろうなぁ。むしろ北の分裂しているアキカール反乱を利用する方が良い気がするが、悪い手ではないだろう。

「具体的にはどれくらい送るつもりだ」

問題は、この男が本気で帝国側で戦う気なのかどうかだ。

ドズラン侯はニヤリと笑い、俺の質問に答えた。

「こちらが動員できる兵の半数ぅ、これを送らせていただきたいィ」

普通、その領地で動員できる兵力……最大動員数をすべて動員したりはしない。よほど追い込まれない限り、余力を残しておくものだ。

だから最大動員数の半数なら、相当な兵をってことになるが。しかしコイツの答えは曖昧だった。

大軍と言えるほどではないだろう……それでも決して少なくはない数は供出しそうだ。

何より、ドズラン侯領の一部を占領しているのはアプラーダ王国だ。旧領を奪回するために、これまで手を組んでいたアプラーダ王国を裏切ったという見方もできる。

……何より、兵を二分するということはコイツも今回はそれなりにリスクを背負っている。対等だと思って交渉してきてるあたり、むかつくけどな。

「後者は今認めよう。その結果を見て前者についての沙汰《さた》を下す。それが順当な流れだと思うが」

実際に敵がワルン公領に集中したなら、旧ドズラン侯領の復帰を認める。これでも認めないと言えば、その時こそ裏切りそうだからな。

「仕方ありませんなァ。それではこれにて失礼ィ」

何様だ、本当に。隣のナディーヌも、こんな無礼者を許していいのかと責めるような目で見てくる……まぁ、いいさ。ここですんなりと引き下がったってことは、それなりに敵の動きに確信があるってことだろうし。

手強い敵や厄介な問題が次々と出てきている。転生者、オーパーツ……たぶんだけど、この先はこれくらい御せなければ勝ち続けるのは無理だ。

「あァ、そうだァ」

そう言ってふと立ち止まったドズラン侯に、俺が尋ねる。

「まだ何か？」

「土産を持ってきたんでしたァ。後日、お抱えの商人にでも届けさせましょゥ」

侯爵は振り返ることもなくそう言い残すと、今度こそ去っていった。

……土産だぁ？　お前が言うと穏やかじゃなかねぇな。

脳筋系姫騎士？

その日の夜、俺は寝室でワルン公にニュンバル侯、チャムノ伯ら三人の報告を聞いていた。彼らは三人とも大貴族だ。だから晩餐会の間、外国の使節やら国内貴族やらが、ひっきりなしに挨拶に来る。まぁ、国内貴族に人気だったのはニュンバル侯くらいだけどな。

「基本的には、余が見聞きしたものと同じか」

ちなみにナディーヌは不貞腐《ふてくさ》れながらベッドに横たわっている。先に別室で寝ていいと言ったのだが、嫌だと言って聞かなかった。

あとオーパーツを持ち込まれたことについては三人に警戒だけ促しておいた。まぁ、それでどうにかなる相手でもないんだが。

「他に参考になることといえば、使節がどの程度動いていたかくらいでしょうか」

使節が、積極的に他国の使節や帝国貴族と交流している国は、何かアクションを起こそうと狙っている可能性があるし、逆に能動的に動かなかった国は外交的にも受け身に回る可能性がある。

「私としてはリカリヤ王太子の動きが気になります」

そう話すチャムノ伯は、自身も王太子からの接触を受けたらしい。

「随分と堂々と……」

「自分の立場をよく分かってるな。帝国は今はまだ、リカリヤの相手はできない」

どれだけ目障りに思われても報復は無いと見切っている。やってることはあくまで社交の範囲内だし、やはり文句は付けられない。

一方でニュンバル侯には接触無し、ワルン公とも挨拶程度か。

「内容は？」

「主に交易に関する話題がほとんどです」

交易か……それならチャムノ伯に接触するのも不自然ではない。

チャムノ伯領自体には特産品はあまりなく、領地の大半は農地が占めている。まぁ、だから他の貴族より兵力を多く動員できるんだけどな。これはワルン公領も同じだ。

あと内乱初期に傭兵をチャムノ伯に押し付けたのは、その領地に食料的余裕があったからっていうのもある。


しかしワルン公領と違うところは、チャムノ伯領は帝国における貿易中心地となっている点である。チャムノ伯の領地には帝国有数の河川が流れており、これは帝都を経由して帝国東部まで繋がっている。この水運を利用できるため、宰相派はヴェラ＝シルヴィを人質にチャムノ伯を自分の派閥に置いていた。

だから貿易目当てなのは確実だろう。問題は何を狙って動いていたのか。

現在、貿易単価の高い商品は一度帝都に集まっている。これは俺が、悪貨であるラウル金貨やアキカール銀貨を、帝国硬貨及び新しく発行する中金・中銀貨と交換しているからだ。

辺境で物を売って価値の怪しいラウル金貨などで支払われるより、帝都で価値が保証されている帝国硬貨で払ってもらいたい。だから多くの商人が帝都に集まり、帝都で商売を行っている。その流れができている……にもかかわらず帝都の主たる俺に貿易関連の話をしなかった……しかも財務卿ともろくに会話していないという。これは不自然だ。

あるいは、直接大商人らと話をつけていたのか？　……大商人？

さらにチャムノ伯が王太子の動向を報告する。

「私が見たところ、他にカルクス伯とも話し込んでおりましたが」

カルクス伯は帝国北西部、テアーナベとの境界近くの領地だ。

……なるほど、確かに大商人狙いだ。

「リカリヤの火薬は、確か品質が良いのだったな」

「はい……しかし製造が王家が独占しており、帝国には流れてきておりませんが」

「帝国にはな」

黒色火薬の品質は、この時代においては軍事力にも直結する。だから彼らは、火薬を他国にはあまり売らない。その相手の軍事力を強化することになりかねないからな。

だが事実、高品質の火薬は高価で取引されるだろう。つまりリカリヤとしては、金になるんだからできれば売りたい。ただし、この大陸の国家相手だと自国に不利になりかねないから避けたい。となると、あとは相手が絞られる。

「黄金羊商会……いや、イレールを名指しで呼び出せ」

リカリヤとしては他の大陸で使われる分には問題ない。しかも交換で希少価値の高い商品を手に入れられる。そりゃ飛びつくだろうな。

「あぁ、あそこなら確かに……しかし、どうするので？」

「止めるのは無理だろうな。その力は今の我々には無い……だからいっそ、帝国にも利益を還元させる」

問題は連中が食いつきそうな対価を用意できるかか。


主に財務卿であるニュンバル侯と、貿易港を抱えるチャムノ伯の二人と意見を交わしていると、ティモナから客が来たことを告げられる。

「陛下。フールドラン子爵が部屋の外でお待ちです。お通しになられますか」

「あぁ、入れてくれ」

そういえば子爵を呼んでいたんだった。


ティモナが子爵を呼びに行っている間に、それまで横になっていたナディーヌが、いつの間にか椅子を持ってきて俺の隣に座る。

そんなに子爵を意識してるのか……と俺が聞く前に、それを察したらしいナディーヌが反応する。

「違うわ。勘よ」

その言葉の意味を考える前に、ティモナによって二人が案内される。

「会議中に失礼いたします、陛下」

「それは気にしなくてよいが」

その人物は、恰好は男性の恰好をしていた。しかし第一印象は間違いなく女性だと感じた。

「用とはその者を紹介したかったのか」

何より、ぱっと見ただけで俺と同じ世代なのが分かる。まぁ、ティモナがこの部屋に入れたってことは、怪しい人物ではなさそうだが。

「はい。こちらはアルメル・ド・セヴェール」

深々とお辞儀をするその人について、紹介する子爵は何故か目が泳いでいた。

「エタエク伯爵その人です」

エタエク伯……確か俺と同い年で、噂によると俺に憧れていて、配下の貴族たちに反対されて俺に会って来なかった……んじゃなかったのか。

「余がカーマイン・ドゥ・ラ・ガーデ＝ブングダルトだ」

というか、帝都に来ているなら晩餐会の時に伯爵本人が挨拶に来れば良かったのでは？


別に公式の場じゃないから適当でいいのに、伯爵は律儀に頭を垂れ続けていた。

「直答を許す。顔を上げよ」

俺が再度声をかけると、伯爵は頭を上げると、今度は敬礼と共に答えた。

「はっ。アルメル・ド・セヴェールにございます。お会いできて光栄です、陛下！」

その声は、少年にしても高すぎる……女性だと言われる方が自然だ。というか、顔自体は中性的だが、雰囲気からして男装している女性にしか見えない。

だが、エタエク伯であってエタエク女伯ではないんだよな。


見ると、ワルン公もニュンバル侯もチャムノ伯も、みな彼女……いや、彼か。ともかくエタエク伯に驚いている。

そもそもエタエク伯家は、超高齢の当主が長らく存命だと信じられてきていた。しかし実際には何年も前に亡くなっており、これを偽っていた理由は新当主があまりに幼く、伯爵が成長するまでの時間稼ぎだったと、そういう説明を受けている。そしてその「幼い伯爵」はまだ一度も表舞台に立ったことが無く、エタエク伯家の人間以外誰もその顔を知らなかった。

「男なの？　女なの？」

どこから切り込んだものかと悩んでいると、隣にいたナディーヌがあっさりと核心を突く質問をする。思わず「それ聞いちゃうんだ」と思ったが……そういえばこの世界ではこれが普通だった。

「女として生まれました。しかし男児が生まれなかったので、生まれた時から男として育てられました」

なるほど……？　まぁ、伯爵が自分を男性だと思っているのか、女性だと思っているのかはこの際どうでもいいから置いておこう。問題はこれからどうするかだ。

「もしやヌンメヒト女伯の前例が生まれたから、陛下に自分も認めてもらうと？」

ニュンバル侯がそう尋ねる。俺もそういうことかと思ったんだが、どうやらエタエク伯としては違うらしい。

「いえ！　男として爵位を継承したので、今更そこを変えるのは不可能かと」

そういうものなのか……というか、別に帝国法なら女性でも爵位は継げるんだから偽る必要はないだろう。

「しかし陛下を偽るのは不忠かと思い、こうしてご挨拶に上がりました。何卒、当家の罪に沙汰を頂きたく」

……罪？　え、ちょっと待て。確か帝国法は女性でも継げるが、「男性優先」の原則があったな。

ってことは……。

「もしかして本来は別の人間が継ぐはずだったのか」

「はい。先代エタエク伯の弟の家系に男児がおります故」


正直、言葉が出ない。何でわざわざそんなことしたのかとか、いつまでも隠し通せると思っていたのかとか、もう本当に言葉が出ない。

……けどよくよく考えると、すでに亡くなってる先代を、何年も存命にってことにしてた家だったな、ここ。俺に協力的だったから忘れてたけど、最初っからやばい家だったわ。

「隠し通せるはずがなかろう！」

何を考えているんだと怒るニュンバル侯に、フールドラン子爵が居心地悪そうに答える。

「その普通の考えが出てこない連中なんです」

「教会の確認を受けるはずだが？」

俺はよく知らないが、貴族に生まれた子供は必ず西方派によって性別を確認されるらしい。だがワルン公の質問に、フールドラン子爵は目をそらしたままあっさりと答える。

「そこは金で」

買収してるぅ……ぇぇ、どうすんのこれ。

「どうするの？」

ナディーヌよ、俺に聞かれても困る。

だがさらに困ったことに、当の伯爵本人がはっきりと意思表示をする。

「故に陛下の判断を頂きたく！」

勘弁してくれ……俺だって困るわ。

いや、確かに貴族としてやっちゃいけないことやってるし。これを許すと似たことをする家が出てくるから認めるわけにはいかないんだよな普通。でもエタエク伯家は内乱で活躍したしちゃんと兵を出して戦うし、何より論功行賞で功を認めて領地与えちゃってるんだよな。このタイミングで取り上げて反乱とか起こされるとさすがにきついし……でも認めちゃダメだよなぁ。

これ、聞かなかったことにはできませんかね。


……というか、エタエク伯家の家臣たちが、俺と伯爵を会わせたがらなかったのって、これが理由か。そりゃそうなるわな。

それを聞いた時は箱入り娘かなって心の中でツッコミ入れてたけど、まさかフラグだったとは。


俺は自分だけでは判断できないと思い、その場の貴族に意見を仰ぐことにした。

「どう思う」

「聞かなかったことにしましょう」

そう即答したのはワルン公だった。

「エタエク伯領に問題が起これば基本戦略が破綻《はたん》します」

まぁ、そうだよな。よりによってこのタイミングだもんな。エタエク伯領って、三伯の乱とアキカールの反乱を分断してる位置にある貴族の一つなんだよね。ここに反乱を起こされると、二つの反乱が連携できるようになるし、そもそも帝国西部との連絡線が断たれる。

「しかし、この前例は継承法そのものが揺らぎかねません」

そう反論したのはニュンバル侯だ。とはいえ、「絶対に許せない」って訳でもなさそうだ。あくまで前例を生むことへの懸念だ。

「だから聞かなかったことにする、ということでは？　この問題の是非は先送りにする……それが現状では最善の選択かと」

どうやらチャムノ伯もワルン公と同じらしい。


先送りねぇ。それが許されるならありがたいけど、でもそれってエタエク伯に不利すぎないか？

「今は都合が悪いから見逃して、後で咎《とが》めるってことかしら。それって先送りにもなってないわ」

ナディーヌの言った通り、これエタエク伯にメリットないよな。

「ですので、この戦争で立てた戦功によってはお許しになられては。それが現実的かと」

「それは前例を作ると同義です。下級貴族が勝手な真似をしないよう制御するためにも、今は法の順守を徹底なさるべきです」

チャムノ伯とニュンバル侯の言葉は、どちらも一理ある。マジでどうする……？

「あなたはどうしたいの」

それはナディーヌからエタエク伯に向けられた、純粋な疑問だった。

「どちらでも構いません」

間髪入れずにはっきりとエタエク伯が答える。隣では、フールドラン子爵が「仕方ない」とばかりに肩をすくめる。

「本当に？」

「はい、皇妃殿下。私にとってこの爵位は、物心ついた時には継いでいたものです。継ぎたいと思ったことは無く、今も邪魔だと思うことがあります。しかし私にとって、臣下たちは親のようなものです。彼らを見捨てることもできない……故に、陛下に全てを委ねます」

あぁ、そうか。エタエク伯は俺と一緒なのだ。生まれながら皇帝だった俺と。

気づいた時には、人生を決められていた。確かにその運命を自ら受け入れたが、望んだのは自分ではなく、他者だ。後悔はしていないが、執着もないってところだろう。

……同情してしまった。もう俺の口から認めないとは言えない。

「余はエタエク伯家の献身に感謝している。その働きも評価している。できることなら認めたい……しかし余は皇帝故に、法が絶対であると言わざるをえない」

だから先送りにしよう。ただし、許される可能性の高い先送りだ。

「よって、この事例がどの法の、どの場合に当てはまるのか、今一度精査しよう。故に、今は答えを出せない」

実際、これ以上俺に対して従順な貴族を減らしたくはない。その為には、多少のリスクは背負っていい。

「ニュンバル侯、シャルル・ド・アキカールに法を精査し、『答え』を見つけさせろ。代わりに身柄を解放した上、貴族として登用する」

法の専門家、シャルル・ド・アキカール。俺が殺した式部卿の息子で、俺が滅ぼそうとしているアキカール公爵家の生き残り。

「……陛下、それは」

「言いたいことは分かる。だが認めてほしい」

彼を野放しにするリスクは高い。だがあの男は優秀で、使い道にも心当たりがある。

何より、あの即位の儀の直後に、どさくさに紛れて殺せなかった時点で、たぶん俺にあの男は殺せない。なら、いつまでも軟禁《あそばせて》しておく方が勿体ない。

「ただし、その対価としてエタエク伯家には限界まで兵を供出してもらう。両元帥、それでいいか」

俺の言葉に、ワルン公とチャムノ伯が応じる。

「問題ないかと」

「お任せいたします」

たぶん、これがちょうどいい妥協点だ。俺にはこれ以上の答えは出せない。

「エタエク伯も、それでいいな」

「はっ。ご恩情に感謝いたします。この命に代えまして、陛下のために戦功を挙げてみせましょう」

いや、死なれたらこの話全部意味ないんだけど？　なんだろう、ヴァレンリールと同じで話がかみ合わなそうな相手な気がする。

「それと、ここからが本題なのですが」

「えっ」

伯爵の言葉に、何故かフールドラン子爵が声を上げる。

「え？」

そして俺も思わず声を上げる。どう考えてもこれが本題だろう。

「……そういえば、いつ帝都に着いたの？」

ナディーヌの質問の意味が、一瞬分からなかった。

だって、晩餐会に出なかったのは性別を偽っていたからで……と考えたところで気が付く。そういえば子爵には晩餐会の後、この場に来いと言った。しかし子爵が来たのは会が終わってすぐではなく、俺とワルン公らが外国からの使節について情報共有を終えて、しばらく経ってからだった。

「確かに、遅かったな」

「それもあるけど、入ってきたとき髪が湿っていたわ。短いから分かりにくかったけど」

ナディーヌの指摘は、俺は全く気が付いていないことだった。よく見てたな……同性だと案外分かるものなのか、ナディーヌが優れているのか。

「伯爵はつい先ほど帝都に着きました。ただ、事前に伯爵が来ることは聞いていたんで……あれ、そういえばお前、護衛は？」

フールドラン子爵が、かなり砕けた口調でエタエク伯に尋ねる。主君をお前呼びって、どっかの転生者を思い出すなぁ。アレは陪臣だけど。

「置いてきたよ」

その言葉に、フールドラン子爵は驚いた様子で声を荒げる。

「は？　単身で来たのか⁉」

「うん。だって遅いし」

恐らくこちらも素なのだろう、あっけらかんと答えるエタエク伯に、フールドラン子爵が頭が痛いとばかりに額に手を当てる。

「あー伯爵？　できれば俺の勘違いであってほしいんですが、もしかして湯あみが長かったのって」

「うん、なかなか血の臭いが落ちなくって」

……話の全容が見えてこないんだが。

「どういうことだ？」

「あー。たぶんこの人、騎馬に乗って戦場で戦って、そこから直接帝都に来ました」

戦場？　帝都の近場で戦闘していたなら、さすがに報告が入っているはずだが？

「それでは報告させていただきます」

すると伯爵は、完璧な所作で……ただし伝令として敬礼をした。

「本日、反逆者ティモナ・ル・ショビレを討ち取りました！　部屋の外に首をお持ちしましたので、ご確認していただきたく」

……ベイラー＝ノベ伯じゃねぇか。

＊＊＊

ベイラー＝ノベ伯……彼はティモナと同じ名前で、ややこしいなって思っていたからよく覚えている。元宰相派貴族で、狩猟長官の官職に就いていた男だ。その官職に就くだけあって、いちおう武闘派の貴族……だったはずなんだが。

「馬鹿な……」

寝室にはナディーヌもいるからと、それ以外の人間で別室に移動して首を検める。ちなみにナディーヌがいないのは彼女への配慮もあるが、そもそもこういう日に妃が自分の血以外を見るのがよくないらしい。これも帝国における謎文化の一つだが、なんとなく言いたいことは分かる。

「確かに、本人のようです」

うん、俺も見た感じ本人だなって思った。しかもなんというか、綺麗な生首だ。切り口はもちろん、普通は首に躊躇《ためら》い傷があったり、そもそも顔に傷が付いてたり、あと魔法で保護してないと腐敗してたりするんだが……そういうのが一切ない。まぁ、腐敗については今日討ったらしいからな。

というかこの時代、戦闘で敵将が戦死することはあっても、その生首がきれいに手に入ることなんてあんまりないんだけど。シュラン丘陵での戦いも、大砲で吹き飛ばしちゃって僭称公とか跡形もなかったし。

「そのような報告はまだ来ておりませんが」

知らせを受け、たった今この部屋で合流した宮中伯が、憮然とした声でつぶやく。これは自分の所の密偵にお怒りのようだ……俺はこれを理由に再教育を受ける密偵を想像し、心の中で冥福を祈る。

俺もエタエク伯が反乱軍とそんな本格的に戦っていること自体知らなかった。なぜならこれまでの報告によれば、乱を起こした三人の伯爵は基本的に連携することもなく自分の城に引き籠っていたはずだ。だから長期戦が予想されていたし、包囲しながら確実に潰す……って話だったはずだ。

というか、ベイラー＝ノベ伯領は反乱を起こした三人の伯爵の中でも北側の、テアーナベとの国境に位置する貴族だ。エタエク伯家からはちょっと遠すぎる。

「あー伯爵。いつ、どこで討ち取ったんですか？」

フールドラン子爵が、遠い目をしながらエタエク伯を問いただす。

するとと伯爵は、まるで散歩での出来事でも話すかのように、淡々と説明する。

「今朝、ベイラー＝トレ伯領でマルドルサ侯の軍とベイラー＝トレ伯、ベイラー＝ノベ伯の連合軍が対峙していたんだよ」

宮中伯が、ピクリと動いた。どうやらその報告すら上がってないらしい。

「ちょうど背後が無防備だったから突撃して、なんかあっさり崩れたからそのまま敗走する部隊追撃してたんだけど、そしてら運よく目の前にベイラー＝ノベ伯がって感じ」

「がって感じ、じゃないですよ。なんでそんなところいたんですが」

ベイラー＝トレ伯領もエタエク伯の領地から遠い。確かにそれは疑問だ。

するとエタエク伯は、途端にバツが悪そうに目を逸らす。

「ちょっと道に迷っちゃって」

「……だから私兵は持たすなとあれほど」

頭を抱えたフールドラン子爵に代わり、今度はワルン公が尋ねる。

「その戦勝の報告が、未だに届いていないそうだが」

「それについては『当家で出すからマルドルサ侯は追撃に専念して』と伝えてありますので、報告が無かったのも仕方ないかと」

再び敬礼した伯爵に、俺も思わず横から尋ねる。

「で、伝令は？」

「はっ。それが私であります」


……いや、伯爵本人が伝令役をする家があってたまるか。

「なぜそのような愚行を？」

あぁ、耐えかねたのかワルン公がはっきりと愚行って言っちゃったよ。

「それはもちろん、当家で私が最も馬の扱いが上手く、私の馬が最も早く、そして私が最も強いからです」

あまりにも堂々と、伯爵はそう言い切った。それを見た俺たちは、全員が、一斉にフールドラン子爵の方を向く。

「……事実です」

消え入りそうな声で、両手で目を覆った子爵が呟いた。

まるで非行に走った反抗期のガキを諫《いさ》めるように、大人たちが伯爵に詰め寄る中、俺は小声でフールドラン子爵に尋ねる。

「フールドラン子爵、伯爵は……なんなのだ？」

「……エタエク伯傘下の貴族は、代々武闘派の家系しかおらず……その脳筋どもが、自分の所の子供以上に可愛がり、英才教育を施した結果がアレです」

フールドラン子爵の目は死んでいた。自分の主や同僚相手に口が悪いのは、相当な苦労を重ねているからかもしれない。

「馬鹿なんです」

まぁ天然というか、アホの子っぽさはあるな。

「この時代によくそんな家が残ってたな」

俺がそう呟くと、子爵が焦点の合わない、死んだ魚のような目をしたまま首を横に振った。

「いえ、ほぼ滅んでましたよ。一族みんなそんなのだから、老人と幼子残して一族全員討ち死にしてるんですよ。伯が男児として後継者に選ばれたのも、本来の継承者がそんな一族についていけず伯爵家から逃げ出したのを、『軟弱だ』と言って馬鹿共が認めなかったからです。連中、本当に馬鹿なんですよ。挙句の果てに無い知恵絞った結果が『じゃあ討ち死にしないくらい最強の将になってもらおう』って……馬鹿でしょう」

よほど鬱憤がたまっていたのか、一息でそう言い切った子爵に、俺は咄嗟《とっさ》にかける言葉が見つからなかった。

なるほど。確かになんで先代は超高齢で、当代は幼いのか不思議だったが……薩摩隼人的なちょっとした戦闘民族ってことか。戦士階級が貴族化して数百年とか経ってるけど、未だに当時の文化が残ってるなら、そりゃそうなるわな。

シュラン丘陵やテアーナベ遠征でエタエク伯軍を率いていたサミュエル・ル・ボキューズ子爵とか、『大勝するか大敗するかの男』と言われていて、大概ヤバいなと思ったが……まさかもっとヤバい奴がいるとは。しかもそれが伯爵本人だとは。……俺と同い年なんだよな？

というか、なかなか血の臭いが落ちなかったってことは。

「まさか陣頭で指揮取るタイプなのか」

「はい。それも大喜びで敵中に飛び込むタイプです。なのでシュラン丘陵の時も戦場に出さないよう全員で止めたのですが……今回は連中も出し抜かれたようですね」

本当に俺と同い年か？　いやまぁ、魔法がある世界だからなぁ。

「もしかして、かなり魔法が使えるのか」

「身体能力の強化と、防壁を張るくらいしかできませんが。ただ、一騎討ちで負けてるとこは見たことありませんし、防壁も破られてるとこ見たことないですね」

魔法がかなりの練度で使えれば、子供だろうが歴戦の非魔法使いの戦士を瞬殺できる。そういう世界だからな……女性だろうが、子供だろうが活躍し得る。ただ、魔法が使えない状態……いわゆる魔力枯渇に陥ればそこまで暴れることは難しいだろう。

今回の場合は、本人も話しているように奇襲だった。それも敵軍の背後への一撃……だから全力で暴れられたと。

この感じだと、部隊を指揮って感じより、先陣切って味方を鼓舞するってタイプなのかな。若いし、今のところ俺に対して忠誠を誓っているっぽいけど……早死にしそうだな。

「たぶんベイラー＝トレ伯領で戦ったっていうの、本当だと思いますよ。うちの領地の近くだったら馬鹿共が死に物狂いで止めてるはずなんで、どうせわずかな私兵だけ引き連れて勝手にマルドルサ侯の戦闘に便乗したんでしょう」

運は絡んでいるだろうが、少数の騎兵部隊で突撃して、敵貴族を討てるって……相当ヤバいな。味方としてが頼もしい……か？

「だからおもちゃ感覚で兵を与えるなとあれほど……」

話しているうちに怒りが込みあがってきたらしいフールドラン子爵の言葉は震えていた。聞いている感じ、エタエク伯家の中ではまともな方っぽいし……まともなんだよな？　ちょっと言葉遣いヤバいだけで、大丈夫だよな？

「しかし……」

エタエク伯について色々言いたいことはあるが、それは一度置いておこう。事実として、これで反乱を起こした三人の伯爵、その内の一人ベイラー＝ノベ伯を討てた。反乱首謀者の一人を討てたというだけでも大きいが、中でも一番良い人間を討ち取ったと言えるだろう。

なぜなら俺は、かつて傀儡だった頃にこの目で直接見ている……残る反乱首謀者の二人、ベイラー＝トレ伯とクシャッド伯の不仲さを。


かつての巡遊の折、ベイラー＝トレ伯領からクシャッド伯領へと入る際、この二人は大いに揉めていた。宰相派と摂政派として対立しており、個人としても明らかに険悪な関係が見て取れた。あれはたしか……ベイラー＝トレ伯が出費云々でキレてて、クシャッド伯が時間云々でキレてたんだっけか。

というかたぶん、今回の反乱がちゃんと連携取れてないの、この二人の対立が原因じゃないかな。二人とも過去の出来事を水に流せるくらい、人並みの器のある人間には見えなかったし。

……あれ、じゃあなんで反乱なんて起こしたんだ？


まぁそれは今考えても仕方ないか。ともかく、二人の接着剤というか緩衝材になり得る人間が死んだんだ。こっちの反乱ももう怖くない。

ふと気が付くと、エタエク伯がこちらをじっと見ていた。このあどけない少女という風貌で敵貴族を討ち取るとか、この世界の魔法使いは怖いなぁ。……あぁ、そうか。

「よくぞ討ち取った。今は褒美などは出せぬが、いずれその功に報いよう」

俺がそう言うと、少女は満面の笑顔を輝かせ、美しい敬礼と共に答えた。

「はっ。ありがたきお言葉！」

それが演技でないならば、彼女は本当に心から、俺の言葉に喜んでいるように見えた。勢いよくぶんぶんと犬のしっぽが揺れる……そういう幻影が見えるんじゃないかってくらい、エタエク伯は俺の言葉一つで目を輝かせている。


……え、逆に怖いんだけど。なんでそんなに好感度高いんだ？

みんなが寝静まったころ

エタエク伯家唯一の文官を自認するフールドラン子爵曰く、脳筋武闘派集団であるエタエク家臣団。そんな彼らが生み出したエタエク伯は、彼らですら手の付けられないほど最強の、ある意味問題児になってしまったという。

彼女は配下の制止を振り切り、少数の私兵で敵地に浸透。帝国に反乱を起こした三人の伯爵のうちの一人を討ち取った。さらにこのことを、その日のうちに敬愛する皇帝に報告しようと、途中までついてきていた護衛を全て置き去りにして、直接帝都に、しかも単身で乗り込んだ。……それが今日起こったことだ。

ベイラー＝ノベ伯の首持ってきてなかったら、あとフールドラン子爵の反応が無かったら普通に

信じられなかったぞ。

正直、外見からは想像がつかない。髪も短めで男装しているが、普通にあどけない少女って感じだからな。ただまぁ、外見で判断付かないのは俺もだし。もしかしたらエタエク伯も転生者なのか……その方が良いな。そうじゃなかった方が逆に怖い。


そんな衝撃的な出来事はあったが、諸侯やエタエク伯らとはその場で解散となった。ちなみにエタエク伯は「このままだと失踪扱いされそうなので一度帰ります！」と宣言していなくなった。たぶん自領に帰るって意味だと思う。

……それ、途中で置いてきたっていう護衛と入れ違いにならない？　さすがにそれくらいは考えてるよな？


会議は終わったが、俺の一日はまだ終わっていない。何やらフィクマ大公国の使節が俺と一対一で話したいらしく。会議の後に会うと約束してしまったからだ。

色々と衝撃的なことが起きたせいで、かなり時間も押してしまった。これだと、話の内容にもよるが終わる頃には夜も明けるかもな。

「すまないな、バリー。こんな時間まで」

俺はフィクマ大公国の使節を待たせている部屋まで、近衛長バルタザール・ド・シュヴィヤールに案内してもらう。

そうそう、一度寝室に戻ってみたが、ナディーヌは耐えきれなかったようでもう寝ていた。まぁ、よく頑張ってたから仕方ない。俺はナディーヌお付きの侍女を呼んで、そのまま寝かせておくように命じた。

特にナディーヌは、三人の妃の中でたぶん国内貴族から一番ヘイトを集める立ち位置だ。だから余計な隙を見せないように、晩餐会の時も長い時間、神経をすり減らして頑張っていた。


そういう意味では、バルタザールもかなり疲労しているはずだ。彼には披露宴の際も護衛についていてもらっていたし、ただでさえ神経すり減らすであろう要人警護の仕事を、こんな時間までやらせてしまっている。正直言って申し訳ない。

……ちなみに、ステファン・フェルレイへの違和感とかはバルタザールは感じていない。だが次は気を付けるように言うと、特に疑問を持つことなく「可能な限り近づきません」と返ってきた。

話も分かるし、武勇も本物だし、かなり信頼できる護衛になった。近衛として頼もしいよ。

……いや、ティモナも信用してるけど時々怖いんだよなぁ。全く納得できないって目をしながら「分かりました」って言う時とか。その点、バルタザールはかなり気が楽だ。


「いえ、実は先ほど少し仮眠を取らせていただきました。今はナン卿と交代です」

言われてみれば、さっきエタエク伯の対応をしていたの、ティモナだったたな。

「二、三時間くらい時間じゃないか。それでは大して体が休まっていないだろう。疲れは？」

「いやぁ、有意義な仕事なんであんまり疲れたって感じはしないんすよね」

バルタザールはティモナと違い、話しかければ雑談も返ってくる。その話によれば、どうも俺に呼び出されるまでの近衛の仕事は苦痛だったらしい。まぁ、貴族にほぼ私物化されてたからね。中でも、貴族に媚びるタイプじゃなかったバルタザールへの待遇はかなり酷かったようだ。貴族の飼い犬探しとかさせられてたらしいからな。だから、相対的に俺が良い主人に見えてるのかもな。

本人は顔に出してないつもりだろうけど、元近衛長のユベール・ル・アレマンが死んだと聞いた時とか、すげー喜んでたからな。数日は機嫌良かったぞ。相当な恨みが溜まっていたと見える。


「陛下こそ、大丈夫ですか」

気が付くと、前を歩いていたバルタザールが心配そうな顔でこちらを見ていた。

「体は平気だよ。夜更かしも慣れているしな……ただちょっと、衝撃的なことが多くてな」

たぶん今、帝国は……そして皇帝カーマインは、あらゆる国、そして勢力から注目を浴びている。だから考えることも多い。それでも、帝国の命運がかかっているんだから、気は抜けない。

「お待ちしておりました、陛下」

使節を待たせている部屋の前に立つ近衛が、綺麗な所作で敬礼をする。この一年くらいで、近衛の人間もかなり入れ替わった。元は箔付けのための名誉職みたいに腐りきった組織で、まともに護衛できる人間の方が少なかったが、今では数こそ減ったものの、かなりまともな組織になった。これはまともじゃない近衛を排除したり、弛んでた連中を再教育したのも大きいが、何より新規の人員が優秀だった。

これはワルン公をはじめとする有力諸侯が、優秀な騎士を積極的に近衛に回してくれたのが大きい。本当は、金と時間をかけて自分たちが育てた人材、自分たちのところで使いたかっただろうに……好意で近衛に送ってくれたのだ。まぁ、その分諸侯の影響力が増えるっていう弊害もあるんだけど。人材不足だし背に腹は代えられないってことだ。


「客人は中でお待ちです」

バルタザールがドアをノックし、扉を開ける。部屋には使節が一人と、複数の近衛が待機していた。

「いかがなさいます」

バルタザールのその質問が、他の近衛のことを指してるって分かるくらいには、俺と彼は連携が取れている。

「外で待機。近衛長、君だけ残ってくれ」

「はっ」

部屋で待っていたのはフィクマ大公国の使節。確か晩餐会ではローデリヒ・フィリックス・フォン・スラヴニクと名乗っていたな。その名前は聞いたことないが、姓がフィクマの王族と同じ名前なので、たぶん王族の一人だろう。

テーブルの上には茶菓子とティーポットにカップ。ちなみに密談形式の場合、お茶のお代わりが欲しいときは部屋の外に控える侍女に伝える必要がある。不便だが、俺としては全ての近衛、全ての侍女を信用している訳ではないからな。

「遅くなってすまない」

俺は詫びを入れながら、用意された椅子に座る。

フィクマは大公国と呼ばれてはいるが、天届山脈以西の大公国とは違い、この国はその規模や軍事力で言えばその辺の王国と同じくらいの実力はある。それでも大公国と呼ばれているのは、この国が皇国によって建てられた緩衝国家……衛生国のような存在だからだ。

「いいえ、こちらが無理を言ってこの場を設けていただいたのです。お気になさらないでください」

そう言って笑顔を浮かべるのは、金髪碧眼の若い青年だ。年齢は二十歳過ぎってところか。典型的な貴族って感じの見た目……ただ何となく、警戒した方が良い気がする。なめてかかると、こっちが痛い目見るかもしれない。

外国の君主と太子くらいは頭に入れているが、さすがにそれ以外の王族は分からない。しかも天届山脈の反対側のこととなると、帝国は一気に疎くなる。それくらい、あの山脈は人の行き来を拒絶する障壁になっているのだ。

だから俺としても、この男との会談は大歓迎だ。少しでも東側の情報が欲しい。こっちの情報を少し抜かれても、すぐに何かできるっていう距離じゃないしね。

それからしばらく、当たり障りのない雑談をする。まぁ、大抵は今回の結婚式や晩餐会に対する賛辞だ。あとは宮殿だの飾られた宝飾・絵画へ称賛……どれもお世辞だから軽く受け流す。結婚式も晩餐会も俺の采配じゃないし、宮殿だって俺が建てたものじゃない。宝飾も絵画も、俺には善し悪しが分からないから全て他人任せだ。

普通の君主は、自分の理想とする宮殿を造営して、宝石だの名画だのを集め、そして音楽家や詩人を囲って、それを以て自身の威信とする。実際、そういうのは君主として必要だ。貧乏そうに見える君主より、豊かそうに見える君主に貴族はついていく。そっちの方が自分も豊かになれそうだからな。

だから俺も、宝石だの名画だのっていうのは、必要最低限はちゃんと残している。だがなぁ、個人的には興味ない……とまではいかないが、そこまでそそられないんだよな。宝石がきれいなのは分かる、だがどの宝石が一番きれいかとかは分からない。そのせいで、こういう雑談の時どうしても話についていけない。

これはマズいと思って勉強しようかと悩んだんだが、意外なことに今のところ良い方に転がってるらしいから放置している。どうも俺の反応が鈍いのは、それだけ大量の宝玉、財宝を蓄えていて、「凡人が思う宝玉は皇帝にとっての石ころ程度」だと思われてるらしい。

……俺、さすがに石と同じだとは思ってないぞ。一個くらい割ってもバレないかなとは考えるけど。

「時にローデリヒ・フィリックス殿。貴国は長年、プルブンシュバーク王国と相争う関係にあるという。晩餐会では彼の国の使節より後に来てもらってすまなかったな」

晩餐会において、皇帝はホスト側だ。だが皇帝という立場上、自分からゲストたちのテーブルへ顔を出すことはない。だから晩餐会で客人たちが皇帝のところまであいさつに来たのも、客人たちの方で示し合わせて順番を決めた……ということになっている。

もちろん、中には境界争いで常に対立する諸侯もいるし、現在進行形で戦争状態の国家同士の使節も来ている。実際に客人らに順番を決めさせれば、血が流れることは明らかだ。

だから裏で、晩餐会の采配を取る財務卿によって順番が決められている。だが、表向きにはそれを皇帝は知らないということになっている。順番に不満を持つ者の不況だの恨みだのを買わないようにな。

それをあえて、俺は口にした。それで反応を見ようとしたんだが、青年は特にボロを出さない。

「あぁ、いえ。お気になさらず。あちらは王国で、こちらは大公国ですから」

プルブンシュバーク王国と皇国は、長年敵対関係にある。そしてちょうどその間に存在するフィクマ大公国は、皇国にとってプルブンシュバークに対する盾であり、緩衝地である。

実際、国家の成立自体そういう歴史の流れを受けている。当時の皇国はまだテイワ朝では無かったはずだが、両国の講和交渉などを経て生み出された妥協の産物であるフィクマ大公国は、未だに皇国に従っている。表向きは独立国だが、その実情は皇国の強い影響下にある。一方で、プルブンシュバークとしても直接大国である皇国と領地を接するよりは、属国と対峙する方が楽だ。

「貴国は強国で知られるが、伝統は無下に出来ぬものでなぁ」

さて……そういった歴史的背景があるのだから、フィクマ大公国としては常にプルブンシュバーク王国と対立するのが自然である。しかし、話を振ってもプルブンシュバーク王国に対するネガキャンが一切出てこない。


だからこそ、俺はこの使節がただ皇国に追従するだけの人間ではないと踏んだのだが。慈悲なきこの世界では、獲物がいなくなれば猟犬は用済みにされるしな。

「時に陛下」

相変わらず、礼儀正しい貴族といった雰囲気の青年……これが外交と関係ない場なら、好青年と判断したであろうローデリヒ・フィリックスは、つまるところ掴みどころがない。失敗もしないし、動揺も見せない。下手すると、今日（というか昨日）会った人間の中で、一番手強い相手かもしれない。

「なんだ」

そして雑談がひと段落したタイミングで、青年はまるで明日の天気を聞くかのように、何気ない様子でその質問をしてきた。

「陛下はいつ頃、皇国に攻め入るおつもりですか」

さて、これはどっちだ。長年の皇国への臣従をやめて協力するつもりなのか、あるいは皇国の先鋒として偵察に来ているのか。前者ならラッキーだが、まだ油断できる状況ではないな。

「それは現実的に不可能だろう。回廊は大軍を通さぬし、そもそも我が帝国にそのような余裕もない」

皇国の混乱期に、帝国が何もしないというのは確かに考えづらいだろう。だが侵攻するという確信を持っているのは何故だ。

「今は無くともいずれ余裕は生まれましょう」

あぁ、めんどくさいな。やっぱりリカリヤの王太子みたいに探り合いを好むタイプか。でも彼よりも面倒な気がする。たぶんこの男、かなり場慣れしている。今のところ、オーパーツは使われてはいなそうだが……。

「侵攻経路も、ヒスマッフェとゴディニョンを押さえれば可能でしょう」

テーブルの上に用意された茶菓子をつまみながら、こちらの様子を気にすることなくフィクマ大公国の使節はそう呟く。

実際、俺がその二国と友好的に接しているのは、皇国侵攻への橋頭保にしたいからという理由で合っている。正確には、攻めるときには橋頭保になるし、守るときには盾となってくれる。皇国より帝国の勢力下に入れるために、多少の出費は厭わないつもりだ。

「それに、船という手段も今の陛下ならお持ちだ」

紅茶を飲みながら、今度はこちらを反応を伺うローデリヒ・フィリックス。まぁ、さすがにこれくらいで動揺を見せはしないが。

……こいつ、黄金羊商会のことも知っているのか。今の帝国に、碌《ろく》な海上戦力は無い。にもかかわらず船という言葉が出るなら、それは帝国と黄金羊商会の関係を知っていると考えていい。

連中、船籍偽装などしてはいるが、かなり派手に動いている。国家レベルとなれば存在くらいは感知していても可笑しくはない。

しかしフィクマ大公国の港は地理的に遠すぎる……そこまで黄金羊商会について詳しいとなると、自力で得た情報というより、何者かに流された情報ではないだろうか。

「よせ。大義なき戦争では誰も付いては来ぬよ」

「やはり、どうせなら周辺国も巻き込むつもりでしたか。ならば確かに理由は必要でしょう」

……こいつ、鋭いな。そうだ、確かにただ皇国と戦争するだけなら、大義名分などなくても国内の支持は得られる。国内貴族も、平民すらも、皇国という存在が帝国にとって宿敵であることは理解している。よって、皇国と戦うというそれ自体が大義になり得る。だから俺が欲している大義は、他国が追従する類いのもので正解だ。

「何が言いたいのだ。あるいは、皇国の門番として探りを入れに来たのか」

この男の真意が測れない。ここは門番ではなく番犬と形容して挑発してみるべきだったか。いや、それでボロを出すとは思えない。

そうやって探っていると、ローデリヒ・フィリックスは事も無げに新しい情報を……それも帝国が知らない情報を呟いた。

「現皇王ヘルムート二世の息子で皇太子だったニコライ・エアハルト様ですが、先日失脚し廃嫡《はいちゃく》となりました」

あまりに衝撃的な情報に、一瞬思考が止まる。それが本当か、あるいは嘘の情報かも分からない。これはダメだ、完全に動揺が顔に出る。そこまで帝国は知らないことがバレる。帝国の諜報能力の限界を知られるのはマズい……ならいっそ。

「なんと！　それは誠であるか。まさかそのようなことが皇国で起こっていようとは」

いっそオーバーなリアクションでブラフか本当か、相手に確証を持たせないようにする。

おいおい、これが本当ならマジでヤバい情報だぞ。そして伝統的に皇国に従属するフィクマ大公国が、皇国の情報に詳しいのは自然なことだ。しかし、皇太子が失脚なんてデカい情報、いくら数を減らしているとはいえ、帝国の密偵が見逃すだろうか。

「あぁ、失礼。廃嫡はまだ表に出ていない情報でした」

面倒な相手だな、コイツ。皇国の情報は帝国より彼らの方が詳しくて当たり前だ。その情報に対するアドバンテージで、ここまで丁寧に俺に揺さぶりをかけてきている。

狙いは何だ。帝国の密偵の諜報力を探っているのか、それとも自分を売り込んでいるのか。

「ほう？　まだ表に出ていない情報まで知っているとは、随分と皇国とは連携が取れているのだな」

いい加減、皇国《皇国側な》に教えてもらっているのか、皇国から《反皇国側な》情報を抜いているのか、それくらいは教えてもらいたいところなんだけどな。

そんな俺の期待には答えず、ローデリヒ・フィリックスはさらに続けた。

「まだ現実になってない情報もございますよ。例えば、皇王ヘルムート二世はこれを受けて、事実上の軟禁状態に置かれる、とか」

軟禁状態？　つまり皇国では事実上、皇王が完全に権力を喪失すると？　元から現皇王は典型的な平和な時代の君主で、あまり政治に関心は無かった。そんな人間をわざわざ軟禁する……その意味はなんだ。

可能性として高そうなのは……これは次の皇太子を、現皇王の意志とは違う人間にするために必要な準備ってところか。口出しさせないように軟禁し、政治的発言力を完全に奪う。下手すると、現皇王の息子から選ばない可能性も……いや、それは無いか。確か、現皇王は出家するだのなんだのと一度騒ぎ立て、時の権力者である宮宰、ジークベルト・ヴェンデーリン・フォン・フレンツェン＝オレンガウに他の皇族を殺させていったな。現皇王の子供以外に後継者はいない可能性が高い。

どちらにせよ、皇国の貴族も一枚岩ではない。この後継者争いは既存の派閥争いが絡んで激しくなるだろう。……それはいい。問題は、なんでそんなことをこの男が知っているのかだ。

早い話、この男がどっち側か分からない。だからどの反応が正しいかも分からない。もう今の情報への反応は、さすがの俺も誤魔化せない。知らないことがバレてる……それはいい。本当にまだ発生してない情報なら知らなくても仕方ない。いっそここは直接問いただすべきか。正直、この腹の探り合いは負けだ。開き直ってしまうのも手だろう。

俺が意を決して真意を問おうと、口を開きかけたその瞬間。部屋の窓から一人の人間がふわりと舞い込んできた。

復讐者か、あるいは

ふわりと、まるで重力を感じさせない軽やかで滑らかな動き。窓から俺たちが会談していた部屋に飛び込んできた人影は、それはもう気軽な感じで俺に話しかけようとした。

「へい、かぁあ⁉」

同時に、バルタザールの剣が侵入者に突き付けられる。流石は近衛長、いい反応だ。まぁ、それはさておき。

「何してんだ。ヴァレンリール・ド・ネルヴァル」

マジで何やってんだ、コイツ。


「陛下⁉　中で何か！」

扉の前で警護している近衛も、何事かと聞いてくる。そりゃ、扉を固めてるのに窓から侵入者って、驚くのも無理はない。

「まだいい。必要なら呼ぶ」

「……はっ」

部屋の外に無事を告げ、再び室内に目を向けるとヴァレンリールが剣を突きつけられたまま無害をアピールするかのように両手を高く上げていた。格好もいつも通りだが、どう見てもサイズが合っていないであろう大きい靴が目に留まる。

「で、何をしに来た」

「いやぁ、陛下に頼みごとがあって来たんですけど、もしかしてお取込み中でした？」


ヴァレンリール・ド・ネルヴァル……転生者を親に持つ、転生者とオーパーツに関する研究者だ。馬鹿と天才は紙一重というが、コイツの場合は馬鹿で天才だ。

「そうだな。というかそもそも常識的に考えて、この時間に皇帝に会いには来ないだろう」

というか、俺に対してアポなしで突撃とか舐めてんのか……分かってないんだろうなぁ、そういう常識が。

「いやぁ、さっき廊下歩いてるのが見えたんで。てっきりヤることヤって、大人になったカタルシス感じながらワインでも飲んでいるのかと」

「お前酒入ってるだろ」

こいつ、マジで一回牢にぶち込んでやろうかな。すっげぇ腹立つ。あと普段より少しテンションが高い気がする。


「あのぅ、剣を下げてはもらえません？」

バルタザールによって首筋に剣を当てられたこの状態は、さすがにこの女もこたえるらしい。

「お前には今、暗殺未遂の容疑がかかっている」

「えぇ⁉」

心外だと言わんばかりの態度に思わずイラっとくる。

「えぇ⁉　じゃねぇ！　なんで窓から入ってきた」

「え。扉から入ろうとしたらなんか止められたからですけど」

ドアから入れないなら窓から入ろう……とはならねぇだろ⁉　頭おかしいだろこの女。

「そこで止められたなら、窓からだろうが入っていい訳ねぇだろ」

「えぇ、でも窓開いてましたよ？」

確かに、窓は開いていたようだ。だからと言ってそれは「入っていいですよ」の合図ではねぇ。

……というか、ローデリヒ・フィリックスは逃走経路まで確保していたか。用心深いな。

「あとどうやって入ってきた」

ヴァレンリールにそんな身体能力は無かったはずだが。上の階からロープでも垂らしてきたか？

……いや、それより怪しいのは靴か。

「あぁ、この靴です。便利なオーパーツで、少しの間滞空したりゆっくり降下したりできるんですよ。浮かび上がることはできないんで浮遊魔法とか反重力魔法というより、滞空魔法ですかね。問題は私の足とはサイズが合わないから中に詰め物しないといけないのと、燃費が悪いみたいで一定時間使うとエネルギーを充填する時間が必要な点。あと充填モード中は馬鹿みたいに重いんですよね。……おっと、つい語ってしまいました」


はぁ……殺意は無さそうだしとりあえずいいや。

「その馬鹿が暗器などを隠し持っていないか調べてくれ。女だからと遠慮はしなくていい」

俺がバルタザールにそう指示を出すと、ヴァレンリールは「えぇ」と不満げな様子は見せながら、平然とボディチェックを受け入れていた。ちなみに恥じらいとかは特にない……そういう女だからな。

「まるで犯罪者の扱いぃ」

暗殺の容疑者として即牢屋に叩き込もうとしてないだけ良心的な処置だろうが。

「厄介な女が厄介なところにいたものだ」

バルタザールが両手を上げたヴァレンリールのボディチェックをしていると、思わずとった様子でフィクマ大公国の使節が呟いた。

するとそれまで眼中になかったのか見向きもしていなかったヴァレンリールが、ローデリヒ・フィリックスに気が付き声を上げた。

「んん？　もしかして『旧都の忘れ形見』じゃないですか。大きくなりましたね。皇国の第七皇位継承者がこんなところで何を？」

……ちょっと待て、皇国の継承者だと？

「テイワ皇国の皇族？　フィクマ大公国の使節だと聞いていたが？」

「あぁ、入婿ですね。フィクマ大公に気に入られて婿養子になって、そのお陰で粛清から逃れたんですよ」

ボディチェックが終わり、解放されたヴァレンリールが伸びをしながらそう話す。

だから、そういう衝撃的なことを何でもない事のように言うんじゃねぇ。

「よくこの女を飼おうと思いましたね」

すると、さっきまでの好青年っぽい雰囲気は消え、フィクマの使節からは君主としての風格すら感じるような……少なくとも皇族と聞けば、なるほどと納得できるくらい堂々としたオーラを感じた。

なるほど、これが本物か。演技で威厳ある皇帝を演じている俺とは大違いだな。

「あぁ、よく失敗したなと後悔しているよ。だがたった今、成功だったかもしれないと思い始めた」

とりあえず壁際に立たされ、「酷いぃ」とつぶやくヴァレンリール。頭のおかしいトラブルメイカーだが、結果的にこうも的確に刺さるとはな。

「皇国の皇族とは知らずに無礼をした。余の方から詫びさせていただこう。ところで、さっきまでの質問は、全て皇国の人間としてのものかな？」

フィクマ大公国の王族からだと思っていた質問も、皇国の皇族からだとなれば意味は大きく変わる。「いつ皇国に攻め入るつもりだ」とか、本当に答えなくて良かった。

「さて、ご想像にお任せいたします」


まぁ、腹の探り合いが上手い相手に、同じ土俵で戦うのも馬鹿らしい。

「ヴァレンリール、知り合いならぜひ紹介してくれ。彼は第七皇位継承者なのだろう？」

もうどうせ引いたジョーカー《ヴァレンリール》なら、徹底的に使ってやる。

「えっ、私も詳しくは忘れましたけど」

……っ、使えねぇ。

「あーでも確か、現皇王より前皇王の方の家系でしたか。本当はもっと継承順位低かったんですけど、親戚みんな粛清されて繰り上がったんですよ」

そう紹介されたローデリヒ・フィリックスからは、一瞬殺気のような気迫を感じた。まぁ、あまりに不躾というか、神経を逆なでする紹介のされ方ではあったな。

だがそうか、なるほどな。おおよそこの男が何者かは理解した。

先代の皇王は、先々代の皇王の実子では無かった。一方で、現皇王は先々代の皇王の実子だ。つまり、実子と養子による後継者争いがあり、一度は養子が勝利し即位するも、一人の男によりクーデターを起こされ、現皇王が即位することになる。それが宮宰、ジークベルト・ヴェンデーリン・フォン・フレンツェン＝オレンガウだ。その功績により、彼は皇国の権力者として君臨する。

だが後に、現皇王とこの宮宰も対立してしまう。その際、現皇王と宮宰が和解する条件として、前皇王の親族を宮宰は粛清した……って感じの話を、俺はまだ傀儡だった頃に聞いていた。目の前の青年は、その時の粛清の生き残りか。

さて、このローデリヒ・フィリックスという男が何者なのかは大体分かったが、結局のところ問題点は変わらない。この男がどの立場にいるかだ。身も心も完全にフィクマ大公国の者なのか、親戚一同を粛清された恨みで現皇王へ復讐しようとしているのか、あるいは皇位継承者としてこれから起こる次期皇王を決める政争……そこに名乗りを上げようとしているのか。

「余は俄然、貴殿に興味が湧いた」

目的も謎だ。帝国を利用したいのか、あるいは帝国の情報を皇国に渡して皇国の方に恩を売りたいのか。

「私はフィクマ大公国の使節です。それ以上でもそれ以下でもありません……少なくとも今は」

また建前か？　いや、本心かもしれない。今はということは、今後は変わるかもしれないって意味だろうし。

「だから陛下にお尋ねしたのです。皇国へはいつ頃攻め入るおつもりかと」


なるほど、帝国の敵になるにしろ味方になるにしろ、帝国による皇国への侵攻を利用するつもりなのは確かと。今はそれくらいしか言うつもりは無いらしい。

本当はもっと探りたいが……肝心のヴァレンリール《馬鹿》があまり情報を持っていなそうだからな。

「大変有意義な時間を過ごせました」

結局、フィクマ大公国の使節、ローデリヒ・フィリックスとの会談はそこでお開きとなった。正確には逃げられたって感じだが、まぁいいだろう。

これは慈悲ではなく、今後の布石になる。敵に回れば厄介だし、敵に回らないよう完全にコントロールできる相手ではない。だが、話の通じない相手ではない。嫌われないうちに会談を終わりにしておこう。


実際、俺としては皇国の現状を知ることができた。それは極めて大きい……まさか皇王が幽閉されるかもしれないとはな。その場合は間違いなく、この先の皇国は後継者争いで大きく荒れる。そして内側で争い、弱体化したところを……そのシナリオを描くなら、こっちの戦争は早めに切り上げた方が良いか。

とはいえ、敵か味方かも分からない相手の情報を鵜呑みにする訳にもいかない。まずは宮中伯に言って情報の裏付けを頼まないとな。

「こちらこそ……貴殿とは長い付き合いになりそうだ」

どんな道を選ぶかは知らないが、どれを選んだって成功しそうだ、この男は。

「願わくば、良き隣人でありたいものです」

良き隣人ねぇ……それは何を以て「良い」とするかによるだろうか。

「あぁ、それと。その女には気を付けた方が良いでしょう……少なくとも皇国は制御できなかったのですから」

そう言い残して、ローデリヒ・フィリックスは立ち去った。


「そろそろ良いですかー陛下」

……ところで、彼も転生者だったのだろうか。あの若さであの気迫、転生者であっても可笑しくない。だが転生者が全員優秀って訳でもないんだよな。記憶に欠落があるせいで、俺たちは二度目の人生というより、前世の記憶があるってくらいの存在だ。下手にこの世界や非転生者を見下していると、簡単に足元をすくわれる。

「あのぅ、陛下？　もーしもーし」

「ヴァレンリール、あの使節殿はお前の研究対象か」

俺の質問に、ヴァレンリールは首をかしげる。

「え？　いやぁ違うんじゃないですか。優秀でしたけど、転生者ほど早熟ではありませんでしたよ……って、それよりそろそろ話を聞いてもらっていいですか」


はぁ、めんどくさい。そして厄介ごとの臭いしかしない。

「なんだ、不法侵入者」

「いい加減もう結婚式飽きたんで、ちょっと別のダンジョン行ってきていいですか」

お前、主君の結婚式を飽きたって。しかもそれ主君に直接言っちゃうの、マジで頭大丈夫か。人として最低限のマナー……言っても無駄か、コイツの場合は。


ヴァレンリールには、帝都の地下にあるダンジョンを解析するという仕事がある。だがその地下のダンジョンは『建国の丘』の聖一教西方派の教会地下に存在する。だがその教会は、ブングダルト帝国としては重要な場所であり、今回のような皇帝の結婚の際は、その『建国の丘』の教会が使われる。

そして俺はこのヴァレンリールを、ある意味では全く信用していない。真上で結婚式やってる最中に地下で作業を進めさせた結果、大爆発を引き起こして大惨事……とか平然とやりそうである。

そもそも、あの地下施設の存在を帝国は秘密にしているしな。

つまり、この期間中ヴァレンリールは暇なのである。少しくらい、大人しくしていてほしいが……ん？

「ちょっと待て」

残る結婚式はヴェラ＝シルヴィとのものだけだ。帝都自体、あと三日もすれば祝祭の全行程が終了する。その後は平常どおりに戻るし、きっとそのころにロコート王国からは宣戦布告が……って、それは今は良い。

これから帝国が周辺諸国全てと戦争するって時に、別のダンジョンを訪れる？　それってつまり……そのダンジョン、国内にあるってことだよな？

「まさかお前、まだ国内に申告してないダンジョンがあるのか」

「……てへぺろ？」

長い沈黙の後、ヴァレンリールは少しも可愛くない仕草でこう言った。

「おい、バリー。こいつを拘束しろ」

俺の命令に素早く反応したバルタザールが、ヴァレンリールを床に組み伏せる。

「うへー」

呻《うめ》き声すら腹立つなコイツ。

ダンジョン……というより、そこから出てくるオーパーツは危険だ。この時代の、低い魔法レベ

ルの文明である我々には過ぎたる兵器。中でも脳に作用する類のものは、俺は無条件に解体するべきだと思っている。それ以外の物も、危険なものは極力解体してしまいたい。現状って、核兵器の整備方法も知らない連中が、核兵器を保有してるようなもんだしな。

そんな危険なダンジョンの秘匿とか、普通に重罪だろ……まぁ、表向きには知られてないダンジョンやオーパーツに関する方は存在しないから裁けないんだけど。それでもこの女は危険だ。

「俺は今、お前を殺そうか悩んでいる」

「あぁ、ちょっと待って全部言いますからぁ」

まず、なんでこのタイミングで他のダンジョンへ行こうとしたのか。それは帝都の地下ダンジョンについて、少しだけ進展があったかららしい。

そもそも、大抵のダンジョンは常にセキュリティが作動している。あるダンジョンは中身を持ち出そうとすると攻撃され、最悪の場合殺される。またあるダンジョンは、中身を持ち出そうとするとそもそも出入り口が開かなかったりする。そういうセキュリティが作動しているダンジョンがほとんど……というより、ヴァレンリールの推測では「そのセキュリティが無いダンジョンはとっくの昔に中身を盗掘されつくした」のではないかとのことだ。

どういうことかというと、まずダンジョンは古代文明の遺産であり、当時は現代と比べものにならないレベルで魔法が発展していた。これは間違いない事実。しかし現代では、そのほとんどが失われた。これも疑いようのない事実。問題はこの間、魔法の衰退期において「どう衰退していったか」だ。

ヴァレンリールの推測では、まず高度な魔法文明を維持していた「作る技術」から失われた。しかし衰退期初期において、「使う技術」はまだ残っていたはずだと。だから施設の内部から物を持ち出せないセキュリティ……それが最初から無かった施設は、オーパーツに限らずあらゆる部品が持ち出され「リサイクル」されており、我々の世代に至るまでには土に還っているのではないかと。実際、技術というより資源という意味でも、リサイクルが行われていた可能性は十分にある。

この時代の人間にとって、オーパーツは魅力的に見える。それはある程度使い方が分かるから。魔道具自体は今も存在し、オーパーツというのは言ってしまえば、高度な技術が使われた魔道具だからだ。

一方で、施設内で生きている魔法について、この時代の人間たちは魅力を感じない。それはこの魔法について、一部の天才を除けば効果も使い方も全く分からないからだ。だからオーパーツ以外の、施設の中身に興味はない。理解できる奴を除けばな。

だが昔の人たちは、施設内の魔法どころか、部品に至るまで再利用の方法を知っていた。だからとっくの昔に、シロアリに木造家屋が食われつくすかのように消失していると。

閑話休題、何が言いたいかというと、持ち出し防止のセキュリティが起動してないダンジョンは、最近になって停止したものを除いて存在しないという結論らしい。

そんで、ここからが本題。問題は帝都の地下にある施設について。あそこの剣は、事実として持ち出すことができている。ブングダルト帝国で儀礼剣として使われていた『人造聖剣ワスタット』。これを言い伝えに反して常に所持していたせいで、六代皇帝はあれだけの暴政を敷きながら殺されることは無かった。

この矛盾について、ヴァレンリールの見解は一つ。つまり『建国の丘』地下のダンジョンは「兵器の製造所」だから。兵器というのは、基本的に使うために作られている。だから製品については持ち出されるのは当たり前だと。その代わり、武器以外……施設の中身や部品については、やはり持ち出し防止のセキュリティが作動しているらしい。


あぁ、ちなみに俺が今使っている『聖剣未満』だが、もしかするとこれは、正確にはオーパーツではないかもしれないとのことだ。可能性として一番高いのは衰退期の人間が、ダンジョンの設備を利用して作った魔道具だとのこと。だから今と比較すれば優れた技術では作られているが、古代文明ほどの技術ではないらしい。古代文明の物としては「レベルが低すぎる」だとさ。

……つまり分かったこととしては、帝都地下にあるダンジョンに残っていたオーパーツは、古代の人間ですら「手に余る」か、「使い物にならない」と判断した欠陥品のみ残っていたということだ。そんな欠陥品に喜んじゃった初代皇帝のせいで、俺はここまで苦労することになった。「無知

は罪」とは、正にこのことを言うんじゃなかろうか

「そこまでは分かった。だが、なんでそれが他のダンジョンを見に行くことに繋がる？」

「陛下が分かるように言うとですねぇ、つまり『兵器の製造』とか『セキュリティ』に関するソースコードがどの部分なのかが分かったんですよ。これは一歩前進な訳です。あとは『それ以外のソースコード』の中から『エレベーター』に関するものがどのあたりか特定できればよく、ちょうど『それ以外のソースコード』の中に、過去行ったことがあるダンジョンで見かけたものと同じものがあるなー、そういえばあそこもエレベーターあったなーってなったので、行ってきていいですか？」

ソースコードって、プログラミング用語だったよな？　いや、俺別にそっち系はよく分からないんだが。

……要するに、過去見てきたダンジョンと比較したいのか。それで、詳しく調査できていないダンジョンの調査をしたいと。わざわざ兵器の製造が云々と嬉しそうに語るってことは……。

「つまり、過去に見てきた『ソースコード』と比べて見慣れない部分があり、その内一部が『兵器の製造』だと分かったから、残りの部分が『エレベーター』で合ってるか確かめたいと？」

「そーですそーです。帝都の地下のダンジョンって、『主電源』と『エレベーター』を停止させずに、それ以外の全てを停止させれば陛下からの命令はクリアじゃないですか。『主電源』は流石に分かりやすいので特定済みで、あとは『エレベーター』の部分の確証が欲しいんですよ」

そこまでは分かる。それはいい。

「で、言い訳は？　なんで帝国国内のダンジョンを隠していた」

「それを報告しろとは言われなかったじゃないですか。アイツらとなるべく話したくないですし」

……つまり、『アインの語り部』がどれくらい見つけているか、それを聞くために会話するのも嫌だったから放置していたと。

まぁコイツのことだ、絶対それだけじゃない。

「どうせ停止した後の中身の研究、一人でやりたかったとかそんなところだろう」

「……ノーコメント」

よし、今後はコイツの監視、もっと増やそう。


それはさておき、何でそのダンジョン知られてないんだ。

「ラウル公領に残った資料には他のダンジョンに関する資料は無かったが、お前まさか隠蔽までやったのか」

「いえ、行ったのは幼いころですよ。場所が場所でしてー、ラウル公の所にいた頃は行けなそうだったんで、言わなくていいかなと。けど今ならこっそり行けば誤魔化せそうかなって」

ラウル公の庇護下では入れない場所？　アキカール公領だろうか。

「……ちなみにどこだ？」

「ゴティロワ族自治領の山中です。天届山脈近辺は未開発でけっこーダンジョンが残ってたりする穴場です」

「良い訳ねぇだろ⁉」

よりによって、一番アポなしじゃいけないとこじゃねぇか。

「えぇ？　だってゴティロワ族、陛下に従ってるじゃないですか」

「絶妙な関係なんだよ！　こっちは彼らの主権を尊重しているから彼らは協力的なだけだ。土足で踏み入ったら怒られるだろうが！」

帝国と彼らの関係は支配ではなく協力だ。そもそも、ただでさえ長年の聖一教からの迫害で彼らはよそ者に厳しい。こんなトラブルメーカー一人で送り込めるか！


俺は深呼吸し、心を落ち着かせる。たぶん、コイツ相手にかっとなったら負けだ。

「余が彼らに常々配慮してることは、流石のお前も知っているだろう。余がゴティロワ族贔屓だという陰口、宮中で働いてれば聞いたことあるはずだ」

「あぁ、それゴティロワ族だったんですか。アキカール族かと思ってました。私、民族は研究対象外なんで覚えられないんですよねぇ」

一日の最後にコイツの相手とか、本当に疲れるんだが。というか、アキカール族ってなんだ。

「……もしかしてアトゥールル族って言いたいのか」

「あぁ、それ。それです」

こいつマジで終わってる。ほんっとうに研究以外ダメだな⁉

はたらく妃さま

ふわりと、花の香りがした。心地よい温もりと、優しい手つき。俺は眠気のままに、その優しさに身を任せる。

それから、どれくらい微睡《まどろ》んでいただろうか。嬉しそうな、くすぐったそうな小さな笑い声……そこでどうやら、自分は頭を撫でられているらしいと気が付く。

あぁ、そうだ……思い出した。あの後、そのままアインの語り部のデフロットを呼び出してヴァレンリールの監視役に任じ、ゴティロワ族長ゲーナディエッフェ宛ての手紙で事情を丁寧に説明し、ヴァレンリールには子供を相手するかのように注意事項などを言って聞かせて……それが全部終わった時には、もう支度をしてヴェラ=シルヴィの元に向かわなくてはいけない時間だったのだ。

「ごめん、ね。起こし、ちゃった？」

「いや、大丈夫」

確かそれでヴェラ=シルヴィの元に向かって、少しでもいいから寝ないとダメだとヴェラ=シルヴィに珍しく怒られ、こうしてソファで膝枕をしてもらっていたんだった。

俺は身を起こそうとする……が、思った以上にしっかりとした力で、ヴェラ＝シルヴィに抑えられる。

「ダメ」

ヴェラ＝シルヴィは、ウエディングドレスがよく似合っていた。けど花嫁感はあまりない……それは彼女の幼さによるものだと思う。年齢的には合法ロリってやつなんだろうが、時々悪いことをしている気分になる。

まぁ、実際グレーゾーンではあるか。挙式していないとはいえ、父親の側室を自分の妻に迎えるんだから。まぁ、貴族の世界では再婚というのはそれほど珍しくないし、市民の反応も好意的……こっちは宮中伯が密偵を使って工作してくれたらしい。

「シワになるぞ」

「気になる？」

……まぁ、最高級のドレスだからな。気にならないと言えば嘘になる。

「ヴェラがいいならいいけどさ」

「なら、平気。私は、気にしない」

そう言って、ヴェラ＝シルヴィはまた頭を撫で始める。

……最近分かってきたんだが、ヴェラ＝シルヴィって結構テンションによって左右される女の子らしい。テンションが高いと周りの目も気にならないし、物怖じもしなくなる。テンションが低いと、周りの目が気になるし、内向的になる。ウエディングドレスを選んでた時にノリノリでポーズまで取ってったのも、周りの目が気にならないくらいテンション高かったんだろうな。まぁ、そのテンションがパッと見では分かりにくいってだけだ。

だから今も、たぶん相当テンションが高い。まぁ、自分との結婚を分かりやすく喜んでくれるのは素直に嬉しいけど。

「あのね、外、出てもいいよって」

ヴェラ＝シルヴィが微笑みながらそう話す。

「あぁ条件つきでごめんな」

ヴェラ＝シルヴィは、俺の父親と結婚するはずだった。だが式の直前に彼は急死し、俺の母親によって宮中の一角にある塔に幽閉された。

だからヴェラ＝シルヴィが外に出たがるのも自然なことだと思う。彼女の希望は、宮廷の外に出たいというもの。また宮廷から出られなくなる生活は嫌だと言っていた。

……本当は、結婚自体にトラウマがあったのかもしれない。彼女にとって、結婚生活は塔での幽閉生活に等しい。それでも俺との結婚を受け入れてくれた。だから希望を叶えてあげたかった。

「終わったら、さっそくだって」

「あぁ。別働隊として動いてもらうと思う」

側室となる彼女を宮廷の外に出すのは、あまり前例のないことだ。だが、調べてみると全くないという訳ではないらしい。特にロタール帝国の黎明期なんかでは、優秀な女将軍が側室になってからも戦場に出た例があるらしい。

つまり、自由に宮廷の外を行動させることは許されないが、宮廷の外でしかできない役割があれば許される。そしてヴェラ＝シルヴィは、優秀な魔法使いだ。だから貴族たちも、彼女が宮廷の外で活動する利点を理解してそれを認めた。

ちなみにヴェラ＝シルヴィの魔法は、実際の所は戦闘向けではない。彼女は優しすぎる。

俺がテアーナベ領に出発する前、手の空いている時間に彼女の魔法の実力を詳しく見せてもらったのだが、彼女は人に向けて魔法を撃つ際、無意識に力を抜く癖がある。これは本人は無自覚のようで、俺には直し方は分からない。

あと、自分の魔法で何か被害が出ると、次の魔法の威力が露骨に低下する。たぶん動揺がもろに魔法に反映されるタイプだ。その時のテストでは宮殿の一部がちょっと崩れてしまい、魔法の発動すら怪しいぐらい動揺していた。

一方で、純粋な出力はかなり高い。だって、魔法に強い抵抗力がある建材でできた宮廷が、少しとはいえ欠ける威力の魔法だからな。というか、それを見たからワルン公や宮中伯もヴェラ＝シルヴィが宮廷外に出ることを認めたのかもしれない。ちなみにその破損部分は、夜な夜な俺が責任を持って直した。

「何をするかも聞いたか？」

「うん、がんばる、よ」

つまり、ヴェラ＝シルヴィの魔法が一番輝くのは直接人に攻撃せず、強力な魔法が必要な場面……つまり土木工事である。具体的には今回、川の流れをちょっとだけ変えてもらおうかなって思ってる。これができる魔法使いはそうそういないからな。

「説得、大変だったで、しょ？」

「そうでもなかったよ。まぁ、いろいろ文句は言われたけど」

＊＊＊

それはロザリアと夫婦になった次の日のことだ。ロコート王国の動きを知らせてきた宮中伯にいくつかの指示を出した後、俺は宮中伯に命令を下そうとした。

「それと宮中伯、卿には宮廷の守りを任せたい」

これは別に、宮中伯を信用してないからだとか、そういうことではない。

まぁ実際、宮中伯の過去には疑惑がある。それでも、俺は宮中伯の実力を評価しているし、今俺を裏切ることは無いと判断している。聖一教風に言うなら、俺たちは同じ船に乗っているのだ。俺が帝国のために動く限り、おそらく宮中伯が敵に回ることは無い。

だからこの命令は俺から遠ざけるためのものでは無く、むしろその実力を見込んでのことだった。

これに対する宮中伯の反応は、長い沈黙だった。まるで子離れができない親のようで、俺は思わず笑ってしまった。

「……理由をお聞きしましょう」

「もうお前が守らなければいけないのは俺だけではない。分かっているんだろう？　ロタールの守り人よ」

まぁ、ロタールの守り人というのが、正確にはどんな存在で、どんな役割なのか、完璧には分かっていない。それでも宮中伯が皇族の血統を重視しているのは事実だ。

「余はこれからも積極的に親征《しんせい》を行うだろう。その際、間違いなく近衛もつれていく。だから妃たちを代わりに守る者が欲しい」

これは今回の戦争に限った話ではない。例えば子供が生まれたら、それは絶対に守ってもらわなければ困る。俺個人としても、帝国としてもだ。それを頼めるのは宮中伯くらいだと思ったからだ。

だがしばらく考え込んだ後、宮中伯から返ってきた答えは意外なものだった。

「いえ、ならば私が陛下の方についていきます」

「おい」

ティモナといい、宮中伯といい、何故か俺から離れたがらない。まぁ、皇帝を死なせるわけにいかないって考えは分かるけどさ、どれだけ備えようが死ぬときは死ぬだろ。特に俺は戦場に出る……いくら宮中伯とティモナが隣にいようが、大砲の砲弾が直撃したら三人仲良くあの世行きだ。

「ご安心を。これは陛下の守りより、宮廷の守りを強化する配置です」

その宮中伯からの返答は、俺としては意外なものだった。

「実のところ、『封魔結界』内での護衛であれば私以上に適任な者がおります。それを宮中の守りに置いていくことにします」

「密偵にか？」

正直、これは予想外だった。だって、俺が護身術や剣術で敵わないティモナが、絶対に敵わないというのが宮中伯だ。ちなみにティモナは時々、精鋭兵揃いとなりつつある近衛と手合わせをしているが、ほとんどティモナが勝っている。

他にも宮中伯個人の戦闘力は噂で聞くが、かなり強いようだ。そんな彼が、自分より強いと言う相手？　そいつ本当に人間なのか。

「ですが、戦闘以外はまだ仕込んでおりません。帝都で密偵を取りまとめられるよう、アンリ・ドゥ・マローを置いていきます」

「あぁ、彼か」

アンリ・ドゥ・マロー……ヒシャルノベ事件の際など、何度か宮中伯に代わって密偵の指揮を執っていた男だ。俺も何度か顔を合わせている。

「若い密偵と言ってなかったか？」

絶対はないとはいえ、ほぼ百パーセント守れるような布陣でロザリアたちの護衛をしてもらわないと困るんだけど？　俺は最悪、魔法で自衛できるが、彼女たちはそうではないのだ。

「だからこそです、陛下。あの者が次の密偵長候補でした」

「でした、ということは……その『護衛向けの密偵』とどちらを後継者にするか悩んでいるのか」

「えぇ、そのようなところです」

なるほど。密偵長に並び得る人間を二人置いて、自分は皇帝についていくということか。それで俺の護衛と宮廷の守り、同等ぐらいだと思うけど。

「その二人、後継者争いで対立とかしてないよな？」

俺の懸念に対し、宮中伯はこれが常識だと言わんばかりに平然と答える。

「ご安心ください。そのような素振りを一瞬でも見せれば、私が責任を持って処分します」

密偵で処分っていうと、まぁそういうことだよな。

「それ以外の密偵についてですが、護衛が得意な者を宮中に、諜報が得意な者を陛下の元へ連れていきます」

なるほど？　確かにそういうことなら、俺の守りより宮中の守りが厚いっていうのも納得できる。

これはたぶん、近衛の存在が大きいんだろうな。彼らが名実ともに皇帝の護衛として問題ない組織になりつつあるから、宮中伯も彼らに俺の護衛を多少は任せられるのだろう。

「分かった、そういうことで頼む」

「いえ、まだ問題があります。この場合、ヴェラ＝シルヴィ妃の護衛を任せられる者がおりませぬ。そこで提案なのですが、彼女の護衛を今回ばかりは我々ではなく『語り部』に任せてはいかがでしょう」


……そんな提案が、よりによって宮中伯の口から出るとはな。

「明日は槍でも降りそうだな……お前が語り部を頼るとは」

まるで何かのフラグのようで、怖いからやめてほしいんだが。

「……それは珍しいと言いたいのでしょうか」

いやだってさぁ、密偵と……正確には『ロタールの守り人』と、『アインの語り部』は間違いなく犬猿の仲だ。そんな相手を宮中伯が頼るとか、珍しいことだと思うけどな。

いや、もしかして『語り部』と密偵自体はそれほど対立してないのか。そうなると『守り人』と『密偵』の線引きがどこなのか気になるな。密偵全員が『守り人』ではなさそうだというのは、これまでの話からも分かることだが……まぁいいか。

「陛下の護衛は任せられませんが、陛下の『弱点』の護衛であればこれほど信用できる相手もおりません」

宮中伯のその言葉には、分りやすく棘がある。まぁでも、嫌悪しているが信用もしているってところだろうか。敵対していたこともあるから実力を認めている、みたいな。

語り部は今、皇帝であり転生者であり、尚且つ話が分かる俺を全面的にバックアップしている。だから嫌そうな顔しながらも、結婚式の立会人をやった訳だしな。そんな現状、彼らは俺を怒らせるようなことをまずしないだろう。だからヴェラ＝シルヴィの護衛を任されれば、命がけで遂行する……ってことだな。

「分かった。ではそれでいこう」

＊＊＊

宮中伯は今回、俺に対して文句は無かった。問題はその後、『アインの語り部』の方だった。

「今回は宮中伯以上にダニエル・ド・ピエルスが煩かったんだよね」

こっちは完全に八つ当たりだった。先代の真聖大導者が処刑されて以降、西方派教会では次の西方派トップを決める醜い争いが続いていた。それに対し、西方派の高位聖職者でありながら西方派を信仰していないあの老エルフは、この後継者争いを安全圏で静観して、これからも表舞台に立たないようにと立ち回っていた。

だが今回、俺が結婚の立会人役を彼に押し付けたため、周囲からは「皇帝がダニエル・ド・ピエルスを真聖大導者にしたがっている」と見られ、彼は否が応でもこの後継者争いに参加することになった。

そんな状態で、さらに追加で責任重大な役割を押し付けられたため、キレているという状況。とはいえ彼は正面から俺に「ノー」を言える関係ではないため、遠まわしに文句を言われているって感じだ。

「ありがとう、ね？」

「その分ヴェラには働いてもらうんだから、ギブアンドテイクって感じだけどね」

あと、ヴェラ＝シルヴィの護衛にはチャムノ伯の騎士も加わることになっている。彼にも、色々と手を貸してもらっている状況だ。何より、家宝である『シャプリエの耳飾り』をまた貸してもらうことになっている。

……というか、あの耳飾りで「あらゆる情報伝達技術より早く」連絡が取れるから、ヴェラ＝シルヴィの行動も許可されたわけだし。

「ところで、足痺れたりしない？」

一睡もせずにヴェラ＝シルヴィの元に来て、促されるままに膝枕してもらって、そのまま疲れが取れるくらい寝てた訳なんだけど。あとただでさえヴェラ＝シルヴィは細いし。これから婚姻の式を挙げるのに足が痺れて動けないとか論外なわけだが。

「大丈夫。すぐに、治してるから」

そう言って笑顔で俺の頭を撫でるヴェラ＝シルヴィ……また当然のように封魔結界内で魔法使ってるよ、この人。昔は歌った時にたまたま使えるってくらいだったのに、最近は機嫌さえ良ければ歌わなくとも魔法が使えている。まったく、どういう原理なんだろうな。それが完璧に分かれば、封魔結界の詳細も分かるんだろうか。

「そろそろ起きるよ」

「ダメ」

いや、ヴェラ＝シルヴィお付きの侍女たちの視線が生温かくて恥ずかしいからそろそろ起きたいんだけど……って、起きれない？

「膝枕のためにそんな高度な魔法使うなって」

圧迫感とかないのに動けない。これ、金縛りみたいなものか。

「……好き」

何故このタイミングで……？

いや、可愛いけどさ。それでも魔法で押さえつけられてると、生殺与奪を握られてるようでちょっと怖い感じもする。

方針転換

ヴェラ＝シルヴィとの結婚は何とか終えることができた。これがとてもではないが「つつがなく」とは言えないのは……ヴェラ＝シルヴィが結婚式の最中に魔法を発動させたからだ。もちろん、封魔結界を起動している状態で。

テンション上がっちゃったんだろうね。その前から、普段とは様子が違かったし。

当然、これ見た諸外国の使節の反応は大きかった。まぁ、帝国の宮廷では公然の秘密って感じになってたけど、初見は驚くわな。そしてダニエルが式を一旦止めたところで、ヴェラ＝シルヴィも自分がやらかしたことに気付いたらしい。それから晩餐会が終わるまで、ずっと落ち込んでいた。

そんで、何故か俺は貴族に称賛された。

どういうことかというと、つまりこれも仕込みだと思われたらしい。「上手い演出」って言われた。実際問題、結果的にはインパクトある結婚式になったのは確かだ。

そしてヴェラ＝シルヴィの魔法について、使節らの反応はネガティブなものでは無かった。恐怖とか拒絶とか、そういう系の反応は一切なかったのだ。ある使節は、父親と結婚していたも同然の相手となぜ結婚したのか理由が分かったと納得していたし、ある使節は俺を称賛し、ある使節は純粋に驚いていた。まぁ、彼らが何故そんな反応をしたのか、何となくだが想像がつく。

まず『封魔結界』の中でも魔法が使える人間について、どの使節も驚いてはいたが、すぐに魔道具を使ったトリックだと疑わずに、ヴェラ＝シルヴィの魔法だと判断した。これはおそらく、それが可能な存在に心当たりがあったということだ。未知の存在ではないから、納得した。彼らが今も抱えているかは不明だが、少なくとも過去に、その特異性を持った人間が一人はいたのだろう。

そして諸国が、その特異性を利用しようと考えた時、まず最初に考え付くのは暗殺者だろう。暗殺者対策でどの国も大金をはたいて『封魔結界』を確保しているのに、それをすり抜けられるんだからな。しかし俺は、その特異性を持った人間を暗殺者ではなく妻として迎えた。だから称賛した……共通認識として、暗殺は汚い手段だとみんな思っているからな。

しかもそれを結果的に大勢の前で公表した訳だから、使節たちの感想としては「隠されたままにされなくて良かった」だ。

これは晩餐会での反応も同じだった。畏敬の念を抱いたり、珍しがったりする者はいても、も嫌悪感を抱いている者はいなかった。まぁ、結果オーライではないだろうか。伏せていたカードが事故で捲れてしまったが、それがジョーカーだったから抑止力になった……みたいな。

まぁ、ヴェラ＝シルヴィは失敗したと落ち込んでいたので一日かけて機嫌を戻すの、ものすごく大変だった訳だが。というかこれダニエル・ド・ピエルスが悪い。ずっと演奏が鳴りっぱなしという、来客の反応とか無視しても問題ない形式なのに、わざわざ式を一度止めたのはその方が効果的だと判断したからだろう。


閑話休題、そんな結婚式と晩餐会を終えた俺は、呼び出していた人間と謁見の間で対面していた。

「呼びつけてから来るまでが早すぎるな。いつからこっちの大陸にいた」

言外に隠れていたんじゃないかと責めると、その女は相変わらずの、半泣き状態のような喋り方で反論した。

「違いますよぅ。本当はロザリア妃の式から参加したかったのに海が荒れて遅れたんですよぅ」

黄金羊商会の会長、イレール・フェシュネール……悪魔のような女は、さらに続けた。

「ちゃんと結婚祝いも持ってきたんですからぁ、ちゃんと確認してくださぁい」

まぁ、それが本当かどうかは判断できないし、深く追求する必要もないだろう。

「それで、事業の方はどうなんだ」

「落ち着いちゃいましたぁ」

黄金羊商会はただの商会ではない。彼らは前世で言う三角貿易のようなものを行っている。ざっくり言うと、中央大陸の戦乱に乗じて食料や武器弾薬、そして傭兵を売り、対価として奴隷を得る。これを南方大陸に売りつけ、砂糖やカカオ、コーヒーや香辛料、タバコなどの贅沢品と交換する。それを東方大陸の諸国に売る……まぁ正確にはちょっと違うが、大体そんな感じだ。

「そうか、なら良かったな。売れがしないが死蔵はしなくて済むぞ」

「『出る杭は打たれる』じゃないんですかぁ」

そんな黄金羊商会は、表向きは帝国の傘下にある。だが、帝国はこの商会を支配できていない。

それが帝国とこの商会のパワーバランスだ。

実際の関係は相互に利用しあっている状況ってところだろう。逆に言えば、本来は対等に振る舞える黄金羊商会が、表向きは帝国傘下という関係に甘んじているのは、それだけ帝国に利用価値があるからだろう。それがなくなれば、すぐに次の取引相手へと移ってしまう。

そのくせ、喋り方だけは下手に出てくるからむかつくんだよな。

「そのつもりだったんだが事情が変わった。今は『時は金なり』だ」

さてと、これは都合がいいな。事業が落ち着いたってことは、中央大陸の戦乱が下火になったということ。だがその傭兵を帝国に売ると、黄金羊商会の影響力が増すからお前たちは嫌なんじゃないの……っていうのがイレール・フェシュネールの主張だ。

「皇国の崩れ方が早そうだ。何か聞いているか」

「いいえぇ、後払いで良いですかぁ」

黄金羊商会は、油断すると帝国すら食い物にしかねない相手だ。だが同時にその本質は冷徹な商人……感情より利益を優先するし、継続的な取引をする相手には誠実に対応する。その方が最終的に自分らが得をすると、彼女は知っているのだろう。

「あぁ。それと、リカリヤの王太子がお前に会いたがってたぞ」

「それは陛下次第ですねぇ。商品は良いんですけど、そのリスクは勘弁ですぅ」

ふむ、つまり彼らとはまだ取引してないってことか？　高品質な火薬は欲しいが、俺の判断に任せると。

「止めても裏で買うだろ」

「ちゃんと流しますよぅ」

高品質の火薬をリカリヤ王国から買い付けた場合、リカリヤ王国にバレない範囲で横流しするつもりはあったらしい。

……相変わらず話が早い。早すぎるから、会話を一つか二つ飛ばしているような会話になる。

「なら、それは好きにしていい。その上で、仕事を頼みたい」

「はぁい」

苛つく喋り方も変わらないな、お前。


さて、今回の南方三国との戦争……それとガーフル、テアーナベ、伯爵領の反乱、アキカールの残党。これだけ敵に囲まれてても、たぶん守りに徹すれば帝国は耐えられる。

そしてこの戦い方をするなら、全て終わったころには皇帝は絶対君主として中央集権化に成功しているだろう。激しい戦闘になり消耗が出ると予測される周辺国との戦争に諸侯を当て、彼らの戦力を削ぎつつ防衛。その間に比較的楽に倒せると思える反乱軍を皇帝軍が平定。後は諸侯軍と戦って消耗しきった国から順番に皇帝軍が戦えば、戦争には勝てるし諸侯は弱体化するし、そして相対的に皇帝の影響力は増す。

問題は、この戦い方をするなら四、五年はかかりそうだということ。さらに諸侯の弱体化は、帝国全体の弱体化を意味する。皇帝の影響力強化も、帝国が弱体化するのと引き換えになる。

何より、予想外のことが起こっている。それは皇国での動きだ……現皇王の政治への関心がないことは知っていた。だからいずれ皇国が荒れることまでは予想がついていた。しかしそのスピードがあまりに早い。既に皇太子が失脚し皇王が軟禁状態になりそうという、ローデリヒ・フィリックスの情報が正しいのであれば、既に皇国では後継者をめぐって政争が始まっているはずだ。

そして帝国の将来を考えれば、皇国が弱体化したタイミングで攻撃して、百年くらいは帝国に手出しできないダメージを与えたい。つまり、俺は今帝国が抱えている戦争を全て、なるべく早くに終わらせて皇国に介入できるようにしたい。

「皇国で更なる事件が起こった時に、今度はこちらから介入したい。だからそれまでに余裕を……早い話、周辺国と停戦した状態にしておきたい。その為に、『悪魔』の力でも借りようかと思ってな」

「……呼ばれたから来たのにぃ。魔物扱いですかぁ」

やっぱり呼ばれたから渋々来たんじゃねぇか。どうせ呼ばれてなかったら代理の人間派遣して結婚祝いだけおいて帰るつもりだったろう。……まぁいい。

「対テアーナベ戦線を任せたい。それと帝国内の反乱鎮圧への助力、アキカール＝ノベ侯領南西部征圧……それができるくらいの傭兵は動員できるだろう？」

楽な相手を黄金羊商会の傭兵とやる気のない諸侯に任せる。その間に、俺は皇帝軍を率いて面倒な相手を受け持つことにする。皇国に介入できるくらい諸侯に余力を残すために、一部の損害を黄金羊商会の傭兵たちに肩代わりしてもらうってイメージだ。

「随分と高くつきますよ？」

まぁ、そうだろうな。いくら楽な相手とはいえ、黄金羊商会にとっては自分の利益にはならない戦いに見える。自分たちに利が無いなら、割増しで代金を請求してきても可笑しくない。

だからまずは、黄金羊商会にも利があることをアピールする。それで代金の値引きをはかる。

「帝国内の反乱鎮圧への助力については、諸侯の取引に応じるだけでいい。割引しろとも言わん」

「あぁ、新参貴族にもチャンスあげるんですかぁ。それは引き受けましょう」

ベイラー＝ノベ伯が討たれた今、ベイラー＝トレ伯とクシャッド伯の反乱は、倒しやすい敵になっている。さらにこれら反乱軍の土地を、活躍した貴族に与えると言えば……口だけは達者で、皇帝への忠誠とは無縁の旧摂政派・宰相派諸侯も飛びつくだろう。

逆に言えば、これくらい「楽な敵で簡単に報酬が手に入る」状態にしないとまともに戦いすらしない……俺は連中をそれくらい下に見ている。だって、自分たちからテアーナベ出征求めておいて真っ先に逃げ出した連中だし。

「次にアキカール＝ノベ侯領南西部……正確にはアキカール半島の『海岸部』の制圧だけでいい。

それと制圧した都市の港湾利用権……これは平定後も付与し続ける。占領した都市が多いほど、戦後の利益も多くなる」

「それ防衛も含まれますよねぇ」

……まぁ、イレール・フェシュネールならこのくらいのトラップは簡単に気が付くか。

占領しても、すぐに取り戻されては俺が困るからダメだ。アキカールの反乱軍を滅ぼし、アプラーダ王国と講和するくらいまでは維持し続けてもらう必要がある。その維持まで含めれば、黄金羊商会はそれなりの数の傭兵を投入し続ける必要がある。

とはいえ、これは割引としてノーカンにはなっていないはずだ。

「半島の制圧はアプラーダ王国への布石だ」

「分かってますよぅ。リカリヤの話も合わせてますよぅ」

イレール・フェシュネールは心外だと言わんばかりに口を尖らせる。

アキカール半島は帝国の南西部に突き出した地域だ。そして地図で見ると分かりやすいが、ここからならリカリヤとも交易がしやすい。

今の黄金羊商会がリカリヤ王国と交易する場合、たぶんカルナーン王国の北部にある半島辺りの港を経由していると思う。だが、リカリヤ王国とカルナーン王国は対立している都合上、それほど大規模な取引はしにくい状況のはずだ。

あるいは、利用許可を出しているチャムノ伯領から直接リカリヤ王国へ向かっているかもしれない。その場合、アキカール半島を迂回してのルートである。このアキカール半島を使えるなら、黄金羊商会としては交易が楽になる。

そして何より、この半島からはアプラーダ王国の中枢部が狙えるのだ。もっとも早い運搬手段が船であるこの時代、都市が発展するのは河川沿いか港に適した地形のある海岸沿いが多い。これはアプラーダ王国も同じだ。

そして南北に長いアプラーダ王国の海岸線、そこにあるどの都市もアキカール半島から攻撃可能。前線で主力軍と対峙して動きを止め、その隙に手薄な海岸線の都市に上陸……そんな夢みたいな作戦も実現できるのだ。

つまりアプラーダ王国に対しては、実はこのアキカール半島さえ確保できればほぼ『詰み』の状態にできる。

……いや、正確には加えて黄金羊商会もいれば、か。これまでの貧弱な帝国海軍ではアプラーダ王国の海軍に勝てるか怪しいし、そもそも上陸作戦なんて夢のまた夢である。

それが可能な大型船を持っている黄金羊商会がいなければ実現は不可能だ。

「……アプラーダ王国の港湾……」

「それは空手形ですぅ」

さすがにダメか。そこの交渉はアプラーダを攻撃する際に改めて……ってことだな。

「それらを加味した上で、報酬は先払いとしよう」

仕方がない、たぶん値引きに使えるのはこれくらいだ。だから後は、この対価がどれくらい響くかだ。

「デ・ラード市を皇帝直轄都市とした上で、イレール・フェシュネールを代官に命じる。さらに復興の為の特別措置として、五年間の免税を与える」

それから時間にすると十秒ほど、イレール・フェシュネールは黙っていた。毎回返答が早い彼女にしては、珍しい沈黙だった。

「三年の免税でぴったりの報酬でしたよ」

う、うぜぇ。ここでダメ出しとか、マジでうぜぇ。

「お前みたいな奴を相手にするなら、ちょっとお釣りが返ってくるくらいがちょうどいいだろ」

……別に負け惜しみではない。というか実のところ、俺としてはデ・ラード市は手に余っていたのだ。奪還しようとするテアーナベ軍相手に防衛するための兵が必要なのも痛いが、防衛のために指揮官が必要なのが厳しい。新設されたばかりの皇帝直轄軍は指揮官不足だからな。

その上、降伏した現地貴族もそのままだ。つまり、帝国としては維持しなければいけないが、皇帝としては維持に必要なリソースが惜しかった。

一方で、黄金羊商会にとってデ・ラード市は喉から手が出るほど欲しい存在だ。そもそも、連中が東方大陸での貿易拠点とするために建てた都市だしな。

ついでに、テアーナベ地方が帝国の勢力圏に戻ることは黄金羊商会としても望むところのはずだ。彼女らは現地貴族と対立したから損切りする形で放棄したが、この地の商業に商品価値があったからそもそも独立させたのだし。

対して俺としては、デ・ラード市は次のテアーナベ侵攻の際の拠点にさえなればいい。そして表向き帝国領なら誰が実権を握っていようが「皇帝が旧領を奪還した」という功績は曇らない。

奪還した、奪還されたという話には興味あるだろうが、誰が治めているかなんて帝都の市民は興味ないはずだしな。

つまりこの交渉はお互いに益のある交渉だったと。

「ふふっ」

「……は？」

それはあまりに突然のことで、俺は思わず声を上げてしまった。

……今、イレール・フェシュネールが素で笑った？

「きもい」

「酷いですぅ」

なんだろう、ちゃんと寒気がする。

……ひとまず、交渉は上手くいったから良しとしよう。

アキカール政策の光明

黄金羊商会との交渉を終え、俺はどこか肩の荷が下りた気分になっていたが、気づけばまだイレール・フェシュネールは退出していなかった。

「まだ何かあるのか」

「面白かったので、ちゃんとしますぅ」

俺が質問にそんな意味の分からない返答をした彼女は、謁見の間の外に控えさせていた護衛の中から、一人を俺の前に連れてきた。商人らしい格好をしており、黄金羊商会の一員に見える男が、俺の前で頭を垂れる。

「この男は？」

俺が疑問をそのまま口にすると、イレール・フェシュネールはそれには答えずに、質問で返してきた。

「ドズラン侯が何か言ってませんでしたかぁ」

俺はあの男との会話を脳内で再生する。占領されている旧領の領有権と、ワルン公への援軍の話などをして、確か……。

「あぁ、最後に土産を持ってきたからお抱えの商人に届けさせると言ってたか」

そこまで口にして、俺はようやくその意味を理解する。

「もしかしてあれ、彼のお抱え商人ではなく、余のお抱えという意味か」

「はいぃ。そしてその手土産が彼ですぅ」

なるほど、この感じだとこの男は黄金羊商会の商人ではないのか。それ以外の重要品目の商人だろうか。


手土産、として連れてこられたその男は、俺の前で深々と頭を垂れていた。俺はふと、かつてファビオと出会った頃を思い出した。案外こういう人間が、重要人物だったりするんだよな。

「直答を許す、面を上げよ……余が八代皇帝カーマインである」

俺がそう告げると、男はあっさりと立ち上がり、俺の目をまっすぐに見つめ答えた。

「オーギュスト・ド・アドカル」

それを捕捉するかのように、イレールは続けて言った。

「元アドカル侯ですぅ」

……アドカル侯だと⁉

アドカル侯領は帝国南西部に位置していた貴族領だ。元々、アキカール地方と呼ばれた地域の南東部に位置し、その地名の由来はアキカールもアドカルも同じらしい。当然、昔からアキカール人が住んでいたし、ロタール帝国の崩壊後はアキカール王国として独立していた地域に属す。

ではアドカル侯領がずっと反ブングダルト的な所領だったのかというと、これはそうでもない。むしろロタール人やブングダルト人も多く住んでいたアドカル侯領は、アキカール人諸侯の中でもかなり帝国に近しい立ち位置にあった。というか、歴代当主の中にはロタール人を自認する者もいたらしい。それ故にアキカール人の中には、アドカル侯領は「アキカールではない」と言う者もいたようだ。

それでもロタール帝国崩壊後は「アキカール人として」アキカール王国に属し、ブングダルト帝国の征服を受けその所領の一部となった。しかし主流派ではなく、穏健派と目されたため所領は安堵された。それがアドカル侯領についての簡単な歴史だ。

またこの歴史からも分かるようにアドカル侯はロタール帝国時代から続く由緒正しい名門だ。名前もちゃんとアドカルだしね。その為、俺が生まれる数年前までは有力貴族の一人としてかなりの力を持っていたようだ。

それ故に、宰相や式部卿に政敵として危険視され、何よりジャン皇太子が殺された地がアドカル侯領内という噂が広まり、急速に発言力が低下。結果、その領土は完全にアプラーダ王国の土地として割譲されてしまい、それに反発したアドカル侯はアプラーダ王国内で反乱と潜伏を繰り返していた……ここまでは皇帝として、俺も知っている。

「それで、わざわざ商人の格好をしてまで、余に接触を図ってきたのか」

「普段からその格好ですぅ。なかなか良い商人なんですよぅ」

あぁ、そうか。アプラーダ王国領として編入されて以来、商人として潜伏していたのか。


だがその言葉が気に食わなかったのか、オーギュスト・ド・アドカルが反論する。

「貴族ですよ、こう見えてもね……もはや城もありませんが」

まぁ、帝国とアプラーダ王国の都合で土地を奪われたとはいえ、伝統と格式ある一族だからな。

というか、この男には俺は恨まれていてもおかしくない。俺の決断では無いとはいえ、帝国によって自分の領地を奪われたんだ。その君主である俺は嫌われていてもおかしくない。

「それで？　黄金羊商会は仲介しただけか」

「いいえぇ。陛下の構想に合致してるんじゃないかと思いましてぇ」

そのイレールの言葉に、俺は少しだけ考える。この言い方だとつまり、仲介以上の関係を求め、なおかつ俺の描いている戦略に合っていると言いたいのか。ということは……アプラーダ王国との戦争で利用するよう勧めてきているのか。


「ここに来た目的は交渉か」

すると、オーギュスト・ド・アドカルはまっすぐに俺の目を見つめ、こう言った。

「そうだ。こちらはアプラーダ国内で反乱を起こす用意がある」

なるほどねぇ。つまり帝国とアプラーダが本格的に戦争するこのタイミングで、旧領を奪還しに来たのか。

「その言い方だと、こちらの命令に従うと？　それでいいのか」

「あぁ。そちらが反乱を起こすなというのであれば起こさない。起こせというならば起こす。ただし、決断はこの場で下してほしい。時間的余裕はない」


さて、話は分かった。帝国とアプラーダが戦争するのに呼応してアプラーダ王国で反乱を起こす。これ自体は効果的な策だ。だが、自らこの場に乗り込んできたということは、それだけでないはずだ。

「条件は？」

「連携して動くために連絡手段が欲しい。それと、援軍も欲しい。加えて、戦後アドカル侯として帝国に復帰したい……その確約も欲しい」

次々と出てくる条件に、俺はまた少しだけ悩む。

いや、これだけ条件を出してくること自体は別に構わないのだ。なぜなら、今この段階でオーギュスト・ド・アドカルは帝国貴族ではないからだ。身分的に皇帝の方が上でも、交渉というこの場において俺たちは対等な存在だ。だから無礼に見える態度も皇帝として怒らなくていいだろう。

……そもそもアドカル家が裏切ったとかではなく、どちらかと言えば帝国の都合で彼らは捨てられたわけだし。正面切って恨み言を言われないだけマシだろう。

　問題は、条件の内容がなぁ。うーん……よし、一部だけ勘弁してもらおう。

「連絡手段は用意させよう。戦後の復帰についても余が証文を書く。だが援軍は無理だ……その代わり、卿が自力で所領奪還できずとも、帝国領となったアドカル侯領は卿のものだ。これも余が書面で以て約束しよう」

　俺が代わりに提示した条件……当然、アドカル侯はすぐさまその意味を理解する。

「召喚獣になれと？」

　これはこの世界独特の表現だ。戦の際、敵銃兵に対する弾除けとして召喚魔法がよく用いられていて、リロードに時間のかかる火縄銃に対して、これは一定の効果を得ている。その召喚魔法で呼び出される召喚獣のように、自分たちに肉壁になれといっているのかと、そう言いたいわけだ。

「無論、援軍を送る可能性もある。だが約束は無理だ……黄金羊商会が出すなら別だが？」

「嫌ですぅ」

　……イレールは今、無理だとは言わなかった。援軍を出す余裕はあるけど、利益が薄そうだから嫌だってことだろうな、守銭奴め。

　俺の提案を、しばらく吟味していたオーギュスト・ド・アドカルは、何かに気が付いたかのように片方の眉を持ち上げた。

「通過儀礼《禊》ですか」

あれ、分かっちゃうんだ。そんなに分かりやすかったかな。

もちろん、まだ帝国貴族として帰参していないからっていうのもある。だがそれ以上に問題がある。

「余は卿には不信感を抱いてはおらぬ。だが手土産として卿はここに来た」

俺が「いつ裏切ってもおかしくない」と思うドズラン侯……彼と関わりがありそうだから、俺はちょっとオーギュスト・ド・アドカルが信用できない。どのくらいの関係値なのか分からない以上、いつか一緒に裏切るところまで考慮しないといけない。俺はまだ、この男のことを何も知らないからね……まぁ、代わりに最前線で血を流して戦えって言ってるわけだから、我ながら酷いことを言ってる自覚はある。


だが意外にも、オーギュスト・ド・アドカルはこれに反発しなかった。

「……なるほど、仲介役を間違えたらしい。そうか、それでお前たちがわざわざ私を買い取ったのか」

どこか納得した表情を浮かべ、彼はイレールの方を向く。

「潰されてしまってはもったいなかったのでぇ」

イレールとオーギュストの会話から察するに、つまり本来はドズラン侯に仲介を頼んでおり、ドズラン侯が土産としてつれてくるはずだった。だがその場合、俺はこの元アドカル侯を中々信用しない可能性が高い……しかし元アドカル侯の反乱が、対アプラーダ戦線で有効な一手になると判断したイレール・フェシュネールは、仲介する権利を金でドズラン侯から買い、こうして連れてきたと。この女、最初っから……まぁいい。

そう考えると、ドズラン侯が「手土産」と言っていたのは、苦し紛れに近いのか。

同じく事情を把握したオーギュスト・ド・アドカルは、俺にドズラン侯との関係について説明を始めた。

「所領を失い、金が無ければ食っていけなかったからな。傭兵としてよく彼個人に家臣共々雇われていた」

なるほど、理にかなっている。反乱を起こすための資金集めと、反乱の際に主戦力となる私兵の訓練を兼ね、しかも他の傭兵とコネクションを築くことで反乱の際に彼らを雇えるかもしれないってことか。

「もしや、シュラン丘陵にもいたのか」

「いや、あの時は仲介をしただけだ。私はアキカール人だが、潜伏生活を続けていれば嫌でもアプラーダ人とも伝手ができる。それを紹介して手数料をもらったが、それだけだ」

あの時、ドズラン侯は南方三国の傭兵を大量に引き連れていた。その仲介をしていたって訳か。そう意味では、ドズラン侯とはただの雇用関係ってところだろうか。

……結局、イレール・フェシュネールは「お釣り」をきっちり返してきたな。というか、それがなかったら「ちゃんとしなかった」ってことか……本当に厄介な味方だな。

「詳細は任せるが、反乱を起こしてもらおう。条件はさっきの通りだ、どうする？」

俺がそう決定を下すと、オーギュスト・ド・アドカルは素直に頷いた。

「良いでしょう。そちらが最大限に譲歩していることも分かります。その条件で構いません」

「では書面は後で用意する。情報伝達の手段もな」

アキカール地方の反乱が片付いていないせいで、アプラーダ方面には不満があったが……これで何とかなりそうな気がする。


俺が改めて二人を下がらせようとすると、再びオーギュスト・ド・アドカルが口を開いた。

「それともう一つ、これは戦後を見据えた提案なんだが、いいか」

まだ何かあるのか……いや、待てよ。彼はアキカール人だ。そして戦後ってことは、なるほど予想がつく。

「アキカール人貴族の処遇か」

俺がそう言うと、少し驚いた表情でオーギュスト・ド・アドカルが答える。

「あぁ……そうだ。何か考えがあるのか」

アキカール人貴族……つまり旧アキカール王国の貴族と、帝国の関係はかなり溝が深い。これについては、俺のせいではなく過去の皇帝らのせいなんだが……俺が今の皇帝である以上、俺は彼らの負債を全て引き受けなくてはならない。

土地を奪われ、自治権も奪われた彼らは帝国国内にいながら、反帝国的性格をしている。それを抑える為に、アキカール地方の一部とそれ以外の土地も加え、六代皇帝は「アキカール公」を置いた。そしてアキカール公が……つまり式部卿が権勢を誇っていた頃は、力の差があり彼らも大人しくせざるを得なかった。だが俺の手で式部卿が討たれると、この混乱に乗じて反乱を起こした……それが旧アキカール王国貴族の今日に至るまでの状況だ。

「本当はどこか一か所にまとめて自治領としたいんだがな」

ただこれは難しいと個人的には思っている。なぜなら過去、帝国は彼らに特別な権限を与えておきながら、それを反故にした。俺が自治権を餌に帰参するように言っても、素直に従わない可能性が高い。

「では彼らの一部を、帰参した後の私の領地で受け入れさせてくれないか」

「それはつまり、助命嘆願か」

反乱を起こした旧アキカール王国貴族たちは、今確実にゆっくりと消耗している。俺の即位式以後、帝国が大きく荒れると思って蜂起した彼らも、予想外に早く決着がついたことから、苦境に立たされている。

するとオーギュスト・ド・アドカルは、自分の立ち位置を踏まえて説き始めた。

「そうだ。だが危険は少ないと思う。アドカル家は昔からアキカール人の中でも親ブングダルト派と見なされてきた。そして一部からは裏切り者とまで言われている。アキカール至上主義などの強硬派は、私が受け入れると言っても来ないだろう……裏切り者に頭を下げるくらいなら、どこか別の場所に落ち延びるはずだ」

だからアドカル侯領でアキカール人貴族を受け入れると言っても、応じるのは比較的穏健な連中だって言いたいのか。

「私としても、少しでも兵力を補いたいという思惑はある。だがそれ以上に、我が一族は長らくアキカール人の中でも異端として隅に追いやられ続けてきた。いい加減、他の一族に優位性を築きたい」

随分とはっきり言うな……つまり、穏健派のアキカール人貴族を取り込んで、アキカール人貴族の従わせる立場になりたいと？　そしたら今度は、力をつけたオーギュスト・ド・アドカルが反乱を起こすのか。

「余の懸念は、言わなくとも分かるな？」

「あぁ。だが現実問題、アキカール人貴族を全滅させるのは厳しいと思うが？　生き残った者が必ずまた憎しみを抱く……この負の連鎖をどうするつもりだ」

分かっているさ。だがアキカール人が大人しく従ってくれないんだから仕方ない……そう思っていたんだがな。

俺はアキカール人を上手く利用する手立てを、ちょうど今思いついた。

「黄金羊商会としては、港が使えて商品が買えるなら誰の国だろうが構わないよな？」

「仕入れ先は小国の方が安くできるんで嬉しいですぅ」

イレール・フェシュネールは既に理解しているようだ。俺はオーギュスト・ド・アドカルに向けて、その考えを宣言する。

「旧帝国領をアプラーダ王国から奪還した上で、そのさらに南、アプラーダ王国北部にアキカール人の国家を建て、両国の緩衝地とする」

もう帝国の影響下で旧アキカール王国貴族をコントロールするのは難しい。ならいっそ、国外に彼らの国を作って押し付けようということだ。

さすがに「旧領奪回」を掲げる俺としては、元々の帝国領から独立国を作るのは避けたい。だがアプラーダ王国内なら帝国の土地では無いからこっちの懐も痛まない。ついでにアプラーダとの間の緩衝地……皇国にとってのフィクマ大公国のように、盾の役割を与えられる。後は監視を徹底し、ついでに黄金羊商会に流通を依存させれば「独立しているはずなのに帝国に逆らえない」という状況を生み出せる。アプラーダ王国への備えも減らせるし、厄介なアキカール貴族を国外に追放できる。

とはいえ、この計画にはとてつもなく大きな問題点がある。

「いや、しかし。そのようなあまりにも不公平な講和、アプラーダ王国が認めるとは思えないが」

オーギュスト・ド・アドカルが指摘する通り、普通はこんな条約認められないだろう。だって「うちの厄介な人たちのために、君の土地の一部を切り取って独立させるね」って言ってるんだから。無茶苦茶な話だ。

……だが唯一、その無茶が通る状況がある。

「イレール・フェシュネール、アプラーダ王国は徹底的にやるぞ。首都攻略の計画を練っておけ」

「計画は立てますけど兵の用意はお願いしますよぅ」

首都を攻略した上で、敵を全面降伏に近い形まで追い込む。そうすればこちらの言い分はほとんど通せるようになるはずだ。

アプラーダ方面は暫く守勢に回ると思っていたが、オーギュスト・ド・アドカルが反乱を起こすなら早い段階から敵に消耗戦を強要できる。その上で、敵の主力部隊を国境付近に張り付けさせて、一気に後方へ上陸し、浸透する……さすがにこれは、考えただけで胸が躍る。

「二人の働きに期待する」

となると、そこに注力するためにはそれ以外の敵を早いところ片付けないとな。

女の子がいちゃいちゃしながらお茶してる

全ての祝宴を終え、三日後。帝国はついにロコート王国からの宣戦布告を受け取った。理由はロコート王国内における貴族反乱の幇助。完全に冤罪だが、それを言ったところで信じてくれる国などいない。

こちらの主張を通すためには、勝利して屈服させなければいけない。勝者が正義で敗者は悪。いつの時代も戦争とはそういうものだ。

さて、そんな宣戦布告を受けて……帝国の皇帝は妃の部屋で茶を啜っていた。

……別に遊んでるわけではない。帝国側《こっち》は準備も終えて、俺自身も明日には軍を率いて出陣しようってところなんだ。ただ、時間が空いたから顔を出したわけなんだが。

「はい、あーん」

「……あ、あーん」

なんかすっげぇイチャイチャしてる……ロザリアとナディーヌが。

「美味しい？」

「……うん」

ロザリアに促されるまま、クッキーを口に頬張ったナディーヌが小さく頷く。

「本当⁉　良かった……頼んで作ってもらった甲斐がありましたわ」

あぁ、これ買ってきたんじゃなくてすぐそこで作った出来立てなのか。

というか俺、夫だよな？　なんで俺が邪魔ものみたいになってるんだろうか。

テーブルの席も俺の対面に二人が横並びで座ってるし、二人はずっとこの調子だ。ロザリアは全力でナディーヌを甘やかして、ナディーヌは頬を赤らめ本気で照れている。

ちなみに二人とも貴族の淑女なので、『表』では絶対に「あーん」とかしない。

「おねぇさま、その恥ずかしいです」

「あら、いつもは許してくれるのに今日はダメなの？」

……百合なの？

まぁ、そりゃ妃同士が対立するよりかはいいけどさ。

「……悪かったよ、相談なしに、また親征を決めて」

「別に何も言っていませんわ？」

それ言ってないってだけで、文句言いたいとは思ってたってことじゃねぇか。

俺はそっぽを向くロザリアに、思わずため息をつく。

「仕方ないだろ。直轄軍を動かさないでいられるほどの余裕はないし、動かすとなると消去法で俺が動かした方が良い」

皇帝直轄軍は総勢二万。ただし、部隊指揮官……いわゆる下士官の人員不足が未だに解決してない。そのせいで、動かせる皇帝軍は相変わらず半数の一万程度。しかしそれを遊ばせておく余裕は今の帝国には無い。

そして諸侯が各々の自軍を率いる今、皇帝軍を率いられる指揮官は俺かジョエル・ド・ブルゴー＝デュクドレーくらいしかいない。

そして問題は、残しておく半数に訓練を施す必要があるということ。俺、兵士の訓練とかやり方知らないんだよね。加減も基準も何一つ分からない。

これは傀儡としてこの世界の「常識」を教えられなかった弊害の一つかもしれない。そして今、未経験の俺が試行錯誤しながらそれをやる余裕はない。すると必然的に訓練側の一万はブルゴー＝デュクドレーが指揮することになり、消去法で動かす方の一万は俺が指揮しなければいけない。

つまり皇帝軍を動かすことになった以上、俺の出陣も確定するわけだ。


「せめてサロモンがいれば話は違ったかもしれないが、セルジュ＝レウルに取られたからな」

ヴェラ＝シルヴィとの結婚を終えた後、セルジュ＝レウル・ドゥ・ヴァン＝シャロンジェ……ベルベー王国の外交官である彼と、エーリ王国の使節。この二人と俺は会談を取り持った。その時、ベルベー王国に彼を戻すよう頼まれたのだ。

「それは……分かっていますわ」


先日行われた両国との会談で話し合った内容は主に二点。一つは現在のガユヒ大公国についてだ。まず、クーデターによって即位を宣言した今の支配者を正当な君主として認めないこと。またこれによって、クーデターが発生時した時点で三国同盟は破綻したもの見なす……これを帝国の公式見解とした。

ベルベー王国、エーリ王国、ガユヒ大公国の三国で結んでいた三国同盟……これが有効な時にクーデター、そして帝国軍への攻撃が発生したからな。極端な話、帝国としてはいちゃもんをつけようと思えばつけられた。それをしないことを約束し、両国を安心させたのだ。

もう一つは、その代わりとして、新しい三国同盟の提案をした。つまりベルベー王国、エーリ王国とブングダルト帝国による軍事同盟の提案である。

ただ、これはすんなり即成立とはならない。一度それぞれが持ち帰って検討するということになった。

まぁ理由は想像がつく。過去の帝国は彼らに対し主従関係に近い振る舞いをしてきたからな。俺がいくら対等な同盟関係を持ちかけたところで、すぐには信じてもらえない。


それでも、このタイミングで持ち掛けたのはそれが外交上、効果的だったからだ。

「ベルベー王国は、また戦争になるの？」

「いや、今はまだトミス＝アシナクィと交戦していない。だがいつ停戦が破られてもおかしくないとの判断だろうな」

元々、トミス＝アシナクィを囲うように三国で結んでいた同盟が破綻したわけだし。トミス＝アシナクィとしては、今は再びベルベー王国に攻め込むチャンスだ。

そこで、俺が提示した軍事同盟だ。まだこれをベルベー王国は受け入れていないが、もしトミス＝アシナクィが攻め込んできたら、この軍事同盟にサインする……その場合、帝国がベルベー王国側で参戦することになる。そういう「脅し」が今のベルベー王国は使えるようになった。

優秀な将軍であるサロモンを返し、ガユヒ大公国の件を不問とし、脅しに使える同盟案……内乱で俺の支持をしてくれた彼らへの見返りとしては、それなりの物を返せたはずだ。

……なにより、正妻の実家が荒れるようなことになれば、皇帝としての面子がある都合上、金銭や物資で支援しなければいけなくなる。そうなるくらいなら、備えを固めて抑止力も与えた方が出費は少ないはずだ。

「……それでも相談くらいはしてくださってもよろしかったと思うのですわ」

ロザリアも、その支援のことを分かっているから強くは言ってこないのだと思う。結婚直後にまた俺が自ら兵を率い、最前線へ向かう……それが一切の相談もなく決まっていたことを、ロザリアは責めている。

もちろん、俺のことを心配してくれてのことだというのは俺もちゃんと分かっている。

「分かってる。今回は本当に時間が無かったんだ」

密偵の調べで、皇王の現状がフィクマ大公国の使節が言っていた通りに進んでいることが分かった。続報はまだ入ってきていないが、恐らく後継者をめぐって政争が激化していると思われる。

もし次の後継者がはっきりと決まっているなら、皇太子が失脚した時点で次の新しい皇太子が立てられたはず。それが無いということは、間違いなく争いが起きる。それが政争で終わるか、内乱に発展するかは分からないが、どちらにせよどこかに禍根は残る。それを利用するために、こっちの戦争は早く終わらせないとな。

「今回も会議で決まったの？」

さっきまで頬を赤らめていたとは思えないくらい、真面目な表情でナディーヌが尋ねる。

「あぁ、諸侯の賛同を得て決まった」

南方三国への相手は、一年前から準備していた通り、ワルン公とチャムノ伯、そしてゴティロワ族長ゲーナディエッフェ……彼らに全て一任する。

そしてテアーナベ地方への備えは黄金羊商会に丸投げ。伯爵領の反乱軍は周辺の旧宰相派、摂政派貴族に「功績の大きかった順で領地を与える」という確約をして攻撃させている。念のため、その後詰めにはマルドルサ侯を置いている。

ガーフル共和国との戦争へはアーンダル侯とニュンバル侯、後詰めにヌンメヒト女伯。

……こうやって見ると、マジで帝国中の兵力が総動員されてるな。そんな状況だから、皇帝直轄軍は遊撃的な役割を担うことになる。まず最初はガーフル共和国と戦っているアーンダル侯かニュンバル侯の援軍になると思う。そして予定ではそこから、反時計回りに敵を撃破していくことになっている……完全に机上の話だし、上手くいかない可能性は高いけどな。

「その間、帝都はブルゴー＝デュクドレーが守りにつくことになっているが……貴族はほとんど全員出払うことになる。その間、宮廷の采配は二人に任せる」

俺がそう言うと、ナディーヌが二人という部分に反応する。

「ということは、ヴェラ様は連れて行くの？」

「もう出立なされたわ」

そう答えたのはロザリアだった。どうやら律儀に見送りにまで出ていたらしい。

「とっても張り切っていらしたわ……無理をさせてはダメよ？」

そう釘を刺された俺は、保障はできないと素直に答える。

「これぱっかりは、戦争だからな……だが、そうならないよう気を付けてはいる」

一足先に出立させたのも、軍隊の行軍速度に合わせて移動させるのよりかは、余裕を持たせてあげられると思ったからだし。


というか、なぜかロザリアはヴェラ＝シルヴィとも仲がいいんだよな……まぁ、ナディーヌとの関係みたいにベタベタはしてないんだが。そういうところは、実年齢通り大人なんだよね、ヴェラって。

だがそれほど関係が深くないナディーヌにとっては、ヴェラ＝シルヴィという人間はまだ未知数らしい。

「大丈夫なの？　彼女、どちらかと言えば儚い感じの人じゃない」

まぁ、言わんとしてることは分かる。正直、十五歳くらい年下のナディーヌと並べても、ヴェラ＝シルヴィの方が幼く見えるし。

それに、この世界は日本とは違う。農民だって武器を持つし、そこら中に野盗は潜んでいる。一般人が夜中に松明やランプなどの明かりも無しに出歩くと、問答無用で犯罪者扱いされ身柄を拘束されるくらいだ。だから、歴代皇帝が後宮に妃を押し込めてきたのは、基本的には彼女たちを守るためだ。

「いや、初めてあった頃と比べると、結構図太くなったぞ、いい意味で」

幽閉塔で初めて見た彼女は、今にも消えてしまいそうな儚さがあった。けど魔法という力を得てからは、かなり活発になった。だってシュラン丘陵の戦いの際とか、平然とついてこれてたし。しかも最前線でちゃんと戦力になっていた。

「だとしても、ですわ」

「分かってるって」

もし守り切れなかったら潰すって『アインの語り部』には言っておいたし。組織を挙げて守ってくれることだろう。

＊＊＊

それからしばらく、俺は菓子をつまみながら、茶を飲みながら……二人との雑談に花が咲く。まあ、出陣前の最後の機会だしな。俺が率いることになる皇帝直轄軍の、明日の出陣へ向けた最終調整は全部ティモナがやってくれているし。

……いや、仕事しろっていうのも分かるんだけどさ。こういう時間も大事にしようと反省したからな。それに、戦争に行くってことは死ぬかもしれないってことだし。


「そういえば、エタエク伯が挨拶に来てくださいましたわ？」

そんな雑談の最中に、いきなりロザリアがエタエク伯の名前を出す。

俺は嫌な予感がし、きっぱりと否定する。

「側室にはしないぞ」

俺に対し全面的に好意を押し出してくるエタエク伯だが、あれは恋愛的な好意ではなく、尊敬の眼差しだ……まぁ、何でそこまで尊敬されてるのか心当たりはないんだが。というか、まだ男ってことになってるんだから、少しは隠してくれ頼むから。

「あら、とっても可愛らしい方でしたのに……」

えぇ……俺はどちらかというと怖いんだけどな。


俺はふと、そのあっさりと引いたロザリアの言葉に何かを感じとる。

「まさか、そういう流れがあるのか？」

「エタエク伯はまだ知られておりませんから……ヌンメヒト女伯と、ですわ」

おいおい、マジかよ。誰だ？　俺の知らないところで余計なことしてんのは。

「ロタールか？　ブングダルトか？」

「後者ですわ。前者は……嫌われてしまったようで」

ロタール人貴族にロザリアが嫌われた？　……あぁ、女王戴冠のアレか。確かに伝統は違うやり方にしたからなぁ。ブングダルト人から嫌われていない理由は、ロザリアもブングダルト人の家系だからだろうな。


「どういうこと？」

話が理解できなかったナディーヌに、俺は分かりやすく説明する。

「ワルン公とチャムノ伯が勢力を広げてる現状を気に食わないブングダルト人貴族が、新しい側室を立てようとロザリアに働きかけてるんだ」

実際、正室と側室が対立することはよくあるしな。しかも、表向きの場ではロザリアとナディーヌ、ヴェラ＝シルヴィはそれぞれ仲の良いアピールをしていない。だから何も知らない貴族はロザリアが他の妃を疎ましく思っているだろうという前提で、彼女を唆して、ワルン公とチャムノ伯の対抗馬になれる貴族かその娘を皇帝の妃にしようと画策している訳だ。

……現実は「あーん」だぞ。

「あぁ、そういうこと。……ねぇ」

事情を理解したナディーヌ、真剣な面持ちでこちらを見つめる。

「なんだ？」

「これは私が言うことではないかもしれないけど……どうしてワルン公やチャムノ伯に、あんなにも広大な土地を与えたの？　第二の宰相や式部卿が生まれるかもって、怖くないの？」

俺は驚いて、ナディーヌの顔をまじまじと見返す。まさか、そこまで分かるようになっているとは。成長してるってレベルじゃないし、ちゃんと皇室の人間としての視点になっている。

「……そうだな、二人はもう皇室の一員だし……伝えておこう」


皇帝カーマインは、生まれながら傀儡だった。それは宰相と式部卿によって、政治が完全に掌握されていたから。そして二人がそれだけの政治力を握っていたのは、広大な土地を所領として持っていたからである。

「特定の貴族に広大な所領を与え、力を持たせる。これは皇室として見れば避けるべき行為だ。特定の貴族が強い発言力を持つようになり、その貴族を皇族は無視できなくなる」

俺がやってることは、中央集権とは真逆の行為だ。大貴族の専横に苦しんだはずの俺が、また大貴族を作ろうとしている。

「だが国家として考えれば、これは何も悪いことではない」

というか、もし宰相と式部卿が帝国全体の民のために行動していたら。もし彼らが、その権力に見合うだけの義務を果たしていたら。……俺はたぶん、今も傀儡の立場に甘んじていたと思う。

彼らの罪は、俺を傀儡にしたことではない。帝国に尽くさなかったことだ。だから帝国の皇帝として、俺は彼らを殺さなければならなかった。

「俺が幼いころ、確かに帝国は分裂し、貴族の専横を受けた。けど帝国はその間、他国から本格的な侵攻は受けていない。せいぜい小規模な襲撃程度だ」

まぁ、その小競り合いに俺とロザリアは巻き込まれ死にかけたんだけどね。

「それは周辺国が幼い皇帝ではなく、宰相と式部卿という大貴族の存在を警戒していたからだ。もし彼らがいなければ……幼い皇帝と粒ぞろいの貴族しかいなかったら、帝国はもっと酷い状況になっていたと思う」

下手したら滅んでいたんじゃないかな。


俺は宰相も式部卿も、人間として嫌いだった。生まれたその瞬間から生殺与奪を握られ、自由もなく、貴族の醜悪な部分を見せられた。だから俺はあいつらが嫌いだ。貴族としても、皇帝を蔑ろにし、周辺国と繋がっていた彼らは国賊と呼ぶにふさわしい。

だが同時に、政治家としてみれば……奴らは確かに優秀だった。俺から権力を奪ったから、結果的に俺は無害な存在として生きながらえた。周辺国と繋がっていたから、結果的に他国の侵略を防止できた。

奴らは独立ではなく、帝国の中で権力を握ることを選んだ。だから帝国の滅亡は望まず、最低限は帝国のためにも動いていた。中立派が存在したのも、そこに財務卿がいたのも、ワルン公がいたのも、その存在が帝国として必要だったからだ。

あと、あいつら自分の領地はちゃんと開発してたからなぁ。ただ金銀財宝を仕舞い込むだけじゃなくて、自分の領地には還元していたのだ。

「周辺国は帝国ではなく二人を警戒し、結果的に二人が所属する帝国に手を出さなかった……そういう側面もあると思っている」

俺が転生者じゃなかったらあの二人の天下は続いてたと思うよ。

「あの二人を随分と評価してたのね」

「むしろ評価してたから、陛下自らその手をお汚しになられたのですわ」

まぁそうとも言えるかもしれない。もしあそこで二人に逃げられていたら、俺は未だに帝国の一地方の主に過ぎなかったと思う。

「帝国として見れば、特定の貴族にある程度権力が集まることは、悪いことではない。『船頭は多くてはならない』と聖一教でも言うだろう。少しの権力を持った貴族が百人いるより、それなりの権力を持った貴族が四、五人いる方が、国としては安定する」

問題はそいつらが国政を放り投げて、政争ばかりにかまけた場合……国家も衰退する。それを防止するための皇帝だ。だから、別にワルン公とチャムノ伯だけに集中させている話じゃない。

「でもそれって、皇帝の権限が弱まらない？」

「そこはバランスかな。皇帝としても最低限の影響力は確保できるように、こうやって軍を率いたり、外国と交渉したりってやってるし」

というか、六代皇帝の「やらかし」を見て、皇帝だけに権力を集中しようとは思えないんだよね。帝国は最悪な皇帝を経て学習すべきだ。皇帝の権力に制限が無かったから、六代皇帝の最悪な治世が生まれた。増えすぎた貴族、弱体化した軍隊、破綻した経済……全てたった一人の皇帝によって引き起こされたのだ。俺は良くても、俺の子孫が信用できない。

そして俺は、生まれた時から、その尻拭いに奔走させられている。俺が生まれながら皇帝なのも、原因を辿れば六代皇帝のせいになると思う。


「……被虐趣味？」

「失礼な。第二のエドワード三世になりたくないだけだ」

「……あぁ。その一言で全部理解できたわ」

まぁ、凄い反面教師だからな。たった一人で一国を傾けたわけだし。

もちろん、最終的には中央集権化を理想としている。だがこの「中央」とは、皇帝ではなく帝国「政府」だ。その為には、官僚制度や中央政府の整備をしなくてはいけない。ほんと、気の遠くなる話だし、あくまで理想論である。だから今は、現実的な妥協案として信用できる貴族……ワルン公やチャムノ伯に権限を与えている。

「だからその二人だけに権力を集中させるつもりもない。今は南方三国を相手するために必要だったってだけ」

本人が武闘派じゃないから元帥権限を与えてないだけで、ニュンバル侯にも広い領地は与えてるしね。

「もしかして、ガーフル共和国方面に向かうのはそれも理由ですの？」

「そういうこと。特にニュンバル侯には消耗を抑えてもらわないとね……そういうのも全部ひっくるめて、やっぱり俺が出るしかないんだ」

あと万が一、ニュンバル侯が戦死でもしたらこの国の内政は終わるし。

あと、ワルン公やチャムノ伯とは違い、ニュンバル侯は皇帝と婚姻関係を結んでいないからな。親戚ばかり優遇する皇帝だと思われないように、やはり最初に救援するべきはニュンバル侯だ。

不幸中の幸い

帝都を出発した皇帝軍……皇帝が率いる親征軍は数日かけて行軍し、ニュンバル侯領に進出、ここで野営を行っていた。今回の行軍は順調だ……それは皇帝直轄軍の練度が、シュラン丘陵の戦いの頃より遥かに改善されていることも大きい。

俺がテアーナベへ出征している間、帝都の留守を預かっていたジョエル・ド・ブルゴー＝デュクドレーは、残る直轄軍の訓練をずっと続けていた。今回はその「よく訓練された」一万を俺が率い、代わりにテアーナベ領で俺が率いていた直轄軍はブルゴー＝デュクドレーに預けてきた。

だから今回、俺が率いる一万の兵は行軍速度も軍として平均的なものに改善され、また銃兵のみではなく、長槍兵も戦えるだけの練度に仕上がっている。

そしてアトゥールル騎兵とエタエク騎兵がこの軍勢に参加してくれているため、基本となる三兵科が揃ったことになる。

現在の軍事技術では、兵科の相性は三竦みのような状態になっている。騎兵は銃兵に強く、銃兵は槍兵に強く、槍兵は騎兵に強い。まぁ、そんな単純な相性で勝てるなら苦労しないが、ざっくり言うとそんな感じだ。

皇帝直轄軍では、銃兵と槍兵をメインに練兵し、運用することになると思う。これは騎兵部隊の育成が、銃兵と槍兵に比べて時間も金もかかるからだ。これから先もしばらくの間、騎兵部隊は貴族に供出してもらうことになりそうだ。それでも、この三兵科を用意できたことで、軍としてのバランスも良くなったし、採れる戦術の幅も広がった。

ただ、それぞれの兵科の兵数については、わざと偏りを持たせている。皇帝直轄軍は槍兵六〇〇〇、銃兵四〇〇〇。これはガーフル共和国が騎兵の強い国だからだ。

それと、魔法兵部隊が二〇〇。ただし、これは募兵して集まった者たちだけでなく、傭兵やベルべー人義勇兵などいろいろなところからかき集めた二〇〇名だ。しかも今まで指揮を執っていたサロモン・ド・バルベトルテが一時的にベルベー王国に帰っている為、戦力としてはダウンしていると言っていい。

そこに加えて、近衛が二〇〇とゴティロワ族から送られてきた援軍一〇〇。ゴティロワ族に関しては彼らに対ロコート王国の正面を担ってもらっている以上、無理は言えない。

そして親征軍全体で言うと、ここにエタエク騎兵が二五〇〇、アトゥール騎兵が二〇〇〇。合流予定のニュンバル侯軍が銃兵二〇〇〇、槍兵二〇〇〇、騎兵一〇〇〇。そしてニュンバル侯軍の代名詞ともなっている弓兵部隊が二〇〇〇の総勢七〇〇〇。

これからニュンバル侯領で戦うのにニュンバル侯軍が少ないのは、既に各地で防戦状態にあるから。このニュンバル侯軍七〇〇〇は、本来戦略予備として置いていたなけなしの兵力である。

総勢二万二〇〇〇が、この親征軍の兵力となる。

そんな親征軍の本陣、近衛によって厳重に警備された大天幕では、各地から大量の伝令が集り、また前線から指揮官本人によって凶報がもたらされた。まだ最前線ではないのに、それに近い慌ただしさだ。

集まった情報を地図に反映し、戦局を整理していく作業の傍ら、貴族の一人が膝をつき頭を垂れていた。

「申し訳ありません……このような醜態《しゅうたい》」

部隊とは別に、一足先に親征軍に合流していたアルヌール・ド・ニュンバルが、そう言って謝罪する。ニュンバル侯の息子である彼は、完全な文官である父親と違い指揮官としても経験が豊富である。ただ今回は、そんな彼もミスを犯したということだ。

「失敗ではあるが、醜態というほどではないだろう。顔を上げよ……これは敵を褒めるべきだ」


テアーナベ地方への遠征中に、奇襲によってガーフル軍と帝国軍は開戦した。それ以来、ガーフル軍は帝国領全体に広く浅く布陣し、部隊ごとの攻撃に終始していた。これに対応するために、前線の帝国諸侯も部隊を広く浅く布陣させていた。

そんな状況で帝国が事前に通達していた祝宴の期間へと入り、ガーフル軍も一度休戦し兵を引いた。開戦時は黒よりのグレーと言っていい奇襲を仕掛けてくるような敵ですら、国家であればこのマナーは守るらしい。

そして祝宴の期間が終わり、休戦期間も終わった訳だが……そこでニュンバル侯領は奇襲を受けた。これまで広く浅く布陣していた敵が、部隊を集結させ一点突破を仕掛けてきたのだ。

もちろん、ニュンバル侯軍も直前にこの動きは察知していた。だが騎兵主体のガーフル軍の方が歩兵主体のニュンバル侯軍より機動力が高い。その速度差で突破されたという訳だ。

「しかし我々がここにいるのは不幸中の幸いと言えましょう」

ヴォデッド宮中伯の言葉に反応したのはエタエク伯だった。

「さすがは陛下！」

彼女は歩兵を主体とする軍勢を伯爵反乱軍やアキカール反乱軍への備えとし、主力である騎兵隊と共に皇帝軍に参陣してくれた。まぁ、彼女についてはこちらから参加を頼む前に「行きます」って手紙が来たんだけど。伯爵の考えはよく分からん。

そんなエタエク伯の不思議な反応に、俺は思わず聞き返す。

「何がだ？」

「この可能性を予期していたから、ガーフル方面に親征軍を動かされたのですね！」

いや、ここまで突破されてるのは流石に予想外っすね。南方三国の相手は一年前から準備済みだからまだ援軍は必要ないし、テアーナベ方面は黄金羊に任せたし、反乱の鎮圧は諸侯に任せたんで。ニュンバル侯に「楽をさせよう」ってくらいのつもりで来たのに、まさか「来てなかったら危なかった」って状況になっているとは。

「問題はどこで撃退するかだ。敵の総数は？」

だが俺はエタエク伯の賛辞に、否定も肯定もせずに状況を尋ねる。勘違いだろうが、評価はされた方が良い。昔は愚帝を演じていたように、今は優秀な皇帝を演じるだけだ。

「約三万……しかしその内一万は騎兵部隊という、極めて偏った編成です」

これは戦力を集中させるために騎兵が集結したって言っていたからか。だが、それにしてもだ。

「騎兵が多すぎる……いや、敵兵自体が多すぎる」

ニュンバル侯領に侵攻してきた敵がガーフル軍の全力っていうなら別におかしくはない。だが、一点突破はされたがこれはあくまでガーフル軍の一部に過ぎない。それも、あのステファン・フェルレイとかいうオーパーツ使いの言うことが正しければ帝国に攻撃してきているのはそもそもガーフル貴族の一部のみだという。

俺が疑念を口にすると、密偵に敵の編成などを探らせていた宮中伯から報告が上がる。

「どうやら敵は、かなりの数の傭兵を雇い入れているようです。ガーフル軍の代名詞とも言える重装甲騎兵は、それほど多くは無いかもしれません」

傭兵か……嫌な思い出が蘇るな。

「どこの傭兵か分かるか」

俺が尋ねると、何を懸念しているか分かっている宮中伯がすぐに答える。

「大勢力はいないようで、中小規模の傭兵を貴族単位で雇っています。少なくとも、例の傭兵は確認されておりません」

シュラン丘陵、エンヴェー川と良いようにやられた『白龍傭兵団』は、今回はいないらしい。

……まぁ、だからと言って油断していい相手ではない。

「それで、防衛するならどこだ？」

これは当たり前だが、兵数で不利な状態でガーフル軍相手に平地での純粋な戦闘は自殺行為だ。

ガーフル騎兵はこの時代珍しい重装騎兵で、突撃時の破壊力は圧倒的と言われている。同数かつ平地で、正面から戦えば大陸最強の兵科ではないかと言われている。だから野戦は百パーセントあり得ないというのが、俺に限らず、この場の全員の共通認識だ。

ただ平地での野戦では最強な彼らも、それ以外の戦場であればそれほど脅威ではない。野戦をするなら山岳で迎え撃てばいい。今回の場合は都市に籠れば、少なくとも騎馬突撃の脅威は無くなる。帝国軍でも五分に戦えるはずだ。

「ニュンバル侯領の戦況ですが、最前線のトルティス市は陥落。レクスラジン城も包囲されているとのことで、恐らく間に合わないかと。現実的なのはヴァンペスーラ城か、さらにその後方の……ブロガウ市」

一点集中で突破された割にはまだ耐えられているな。もっと防衛線がズタズタになっているかと思った。

「卿の判断は？」

俺は現地貴族であるアルヌールに意見を求める。これは俺たちより彼の方が現地の地形を把握しているだろうっていうのもあるが、一番大事なのは俺たちが援軍だという点だ。戦闘になれば俺の指揮下に入ってもらうが、どこを守るかは現地貴族の希望を聞いた方が良い……そうしないと後々問題になる。

「ヴァンペスーラ城は狭すぎます……放棄して……ブロガウ市で防衛するのが最善かと」

「そこなら二万以上の兵を収容できるのですか？」

エタエク伯の質問に、アルヌールが答える。

「市民の半数は退避済みで……辛うじて可能かと……籠城も数日ならば可能と思われます」

それに続いて、今回も皇帝軍に参加してくれたペテル・パールが捕捉を入れる。

「確か川を水堀として利用し、北側の守りとしている街だ。先行して橋を落とすか？」

なるほど……確かにその方が良さそうだな。

「そうだな。夜が明けたら都市に直接繋がる橋以外、付近の橋は落としてきてくれ」

シュラン丘陵での戦闘から、ほぼずっとアトゥール族は俺と行動を共にしているが、弓騎兵という兵科が使い勝手が良すぎて毎回のように頼ってしまっている。

「念のため部隊は分けずに行く、日を跨ぐかもしれないがいいか？」

「もちろん」

しかもそれを率いるペテル・パールが歴戦の指揮官だからな。頼もしいことこの上ない。


こうして一先ず、軍の進路が決まったので、改めて諸将に宣言する。

「我が軍は明日早朝、ブロガウ市を目標に移動を開始。ここでガーフル軍を迎え討つ」

「はっ」

彼らの返答の後、すかさずティモナが尋ねてくる。

「陛下、遅れて追従している砲兵部隊はいかがしますか」

そう、実は今回、砲兵隊も連れてきている。大砲自体は、騎兵主体の敵に対する有効な兵科の一つだがその速度はあまりにも遅いため、比較的安全な帝都からここまでのルートでは皇帝軍の後ろを追従する形をとっていたのだ。

「間に合うと思うか？」

「無理です」

俺の質問に、間髪入れずにティモナが答える。やっぱそうだよなぁ。今回はシュラン丘陵の時とは違い、時間的猶予が無い。鈍足の大砲部隊は連れてくるんじゃなかったな。

「ラウル僭称公と同じ愚は犯したくない。ニュンバル侯領に入り次第、最寄りの都市にて待機」

大砲だけじゃなくて砲弾や火薬も大量に必要だからなぁ。それらも合わせて運ぶから、どうしても荷物の数が多くなり機動力が低下する。こればっかりは仕方ない。

しかしそうなると代わりの一手が欲しい……川を水堀にって言ってたな。これは使えるかもしれない。

「アルヌール、ブロガウ市に最も近い川の分岐点……その位置は分かるか」

「えぇ……分かりますが」

その位置は……都市から遠すぎもなく近すぎもなく、良い感じの所にあった。これは使えるな……。

俺は『シャプリエの耳飾り』を起動し、応答を求める。

『どう、した、の？』

「ヴェラ、予定変更だ。これから言う地点に向かってほしい」

元々はもっと上流に派遣し、ガーフル共和国と帝国の国境にもなっている川を増水させようと思っていたのだが……もっと効果的に使える場所を思いついた。この川の分岐点でヴェラ＝シルヴィに魔法を使ってもらえば、簡易的なダムを作って川を止めることも、逆に増水させて敵に被害を与えることもできる。


『場所、把握。向かうね』

「頼む。少し遠いが……すまないな」

いや、やっぱり便利だわ、この耳飾り。

「妃様も、こうなることを見越して？」

そう言って目を輝かせるエタエク伯……もう、そういうことでいいよ。

「後の細かい作戦や戦術は現地についてからの方が良いだろう」

詳しい情報があまり無いからな。シュラン丘陵の時みたいに細かすぎる予定立てたせいで、現場で現実と合わずに失敗……なんてミスは二度も起こしたくないからな。

「では、続いて帝国全体の戦況について私からご説明します」

ヴォデッド宮中伯の言葉に、俺は頷く。こちらも帝都を出て数日で、かなり状況に変化があったようだ。

＊＊＊

「まず、テアーナベ方面は帝都出立の頃から変化なし、大きな戦闘もなく安定しております。次に伯爵領の反乱ですが、カルクス伯らが侵攻を開始、各都市を次々と陥落させているとのこと」

テアーナベ遠征時は皇帝を見捨て戦いもせずに逃げた連中も、事前に褒美を約束されるとこんなにも真面目に戦うんだな……最初からちゃんとやる気出せよ。

「次にガーフル方面です。ニュンバル侯領は先ほどの報告通りですが、アーンダル侯領でも問題が。アーンダル侯率いる軍勢が、大敗したとの報告がつい先ほど入りました」

「大敗だと？　突破されたのか」

いくらニュンバル侯領でガーフル軍を押し返せたとしても、隣を突破されたんじゃ俺たちが孤立しかねないが。

「いえ、ヌンメヒト女伯の援軍が辛うじて間に合ったと。しかし、その影響でこちらには一切援軍を回せないと」

なるほど、最悪ではないが……か。

「ティモナ、マルドルサ侯に念のためもう一度、自領で待機するように伝えろ。ヌンメヒト女伯も崩されるようなら後詰に動いてもらう」

「かしこまりました」

ガーフル軍は現在ガユヒ大公国を事実上傀儡化しているし、テアーナベ地方から南下してくる可能性があるからな。それも加味するとアーンダル侯領に投入するのはまだ早い。予備はもう少し残しておきたい。


「宮中伯、次」

「南方三国方面は、おおよそ予想通りに動いています」

伝令からの書状や口頭での報告、鳥類を使った伝書など、大量の報告を宮中伯はまとめていた。そして矛盾した内容があった場合は到着までにかかる時間などを考慮し、もっとも信憑性の高い情報を提示していく。

「敵は予想通り、ワルン公領へ戦力を集中しているとのことです。こちらはワルン公軍、ラミテッド侯軍、そしてドズラン侯軍の一部が交戦。推定される戦況図はこのようになっているかと」

「東部で……孤立した部隊があるのか」

アルヌール・ド・ニュンバルの言う通り、ワルン公領東部で孤立した部隊の存在が目立つ。

「耐えられているのか？」

俺は質問を返しつつ、ドズラン侯への書状を書く。本当は嫌なんだけど、約束は守らないとな。

「東部の部隊は要塞に籠城しているようです。これが作戦なのかは分かりませんが、少なくとも現在、ワルン公から救援要請は出ておりません」

まぁ、防衛については元帥に一任しているからな。それが狙い通りなのか、何らかの想定外のことが起きているのか、ここからは判断がつかない。

「ならば我々はどうしようもない。次」

「はっ。続いてロコート方面ですが、当初報告されていた以上の反乱が起きています。元帝国貴族のほとんどが蜂起したようです。ただし、その大半は既に各個撃破され北へ向かって敗走」

「その反乱軍を反映してこの地図に？」

エタエク伯が、机に広げられた地図を覗き込みながら尋ねる……何故か楽しそうに見えるのは気のせいだろうか。

「いえ、そちらは我々と連携が取れていないので未反映です。こちらはその隙に逆侵攻を行ったゲーナディエッフェ将軍率いる部隊です」


ゴティロワ族は聖一教徒から嫌われている。それでも、ロコートとの国境にいる中小貴族にとって今回の戦争は、自分の領地を増やせるチャンスだ。嫌いな相手であろうと、将軍の肩書があれば従ってくれる……と期待したんだが。

「その割には兵力が少ないな」

ペテル・パールがそう呟き、宮中伯は俺の判断を仰いでくる。

「そのゲーナディエッフェ将軍から二点……『命令を拒否した貴族の処遇』についてと、『ロコート国内で蜂起し、合流を図っている帝国系貴族の処遇』について、それぞれ将軍の方で采配を下していいかと」

抗命する奴らはいらないし、ロコート国内の反乱は別に俺に対し連絡を寄こしたわけでも、連携しようとしたわけでもない。わざわざ救ってやる義理は無い。

「好きにしろと伝えろ。その為の将軍職だ。それとティモナ、この書状をドズラン侯へ」

「かしこまりました」

ひとまず、今ドズラン侯は帝国側で戦っているからな。旧領を完全に取り返すまでは信用していいだろう。

そして最後に、一番気になるアプラーダ方面だ。

「アプラーダ方面ですが、こちらは敵の動きが遅いです。ドズラン侯の軍勢が既にアプラーダ領内に進出。また、こちらは未確定情報ですが、アプラーダ王国が雇っていた傭兵の一部が裏切り、ドズラン侯に合流したと」

うわぁ。帝国が有利にはなっているから喜びたいんだけど、素直に喜べねぇ。やっぱりそこに繋がりがあったか……。

「それと、元アドカル侯オーギュスト・ド・アドカルが蜂起し、都市を占拠。そのままアプラーダ軍に対し籠城を行っているとのことですが」

「……そっちは話がついている。今後も報告が入り次第、友軍として反映してくれ」

「かしこまりました」

……しかし、こっちは俺と話してから挙兵までがあまりに早すぎる。しかも、都市占拠までもスムーズだ。なかなかやるな。

なるほど、あのイレール・フェシュネールが金払ってまで仲介するわけだ。

「最後に、アプラーダ軍の一部がアキカール反乱軍の勢力圏へ侵入しているようですが、まだ交戦していないということしか分かりませんでした。これが侵攻なのか、協力しているのか不明です」

「しかしアキカールの反乱軍は二つ、その両方と手を組めるわけではないのでは⁉」

無駄に元気のいいエタエク伯の言い分に俺は頷く。この期に及んで手を取り合えるなら、そもそも争っていないが……だが万が一という可能性もあるな。

「チャムノ伯に、場合によっては例の計画を前倒しして進めていいと伝えろ」

またエタエクが、目を輝かせている気がするが無視だ、無視。そんな格好いい話ではない。

現在の帝国全体の戦況としては、悪くない……と言ったところか。やはり想定外の損害を出す場所もありつつも、まだ許容範囲内。つまり後は、この皇帝軍の戦果次第ってところか。

ブロガウ市での戦い

会議にて方針が決まった後、帝国軍は行軍速度を上げブロガウ市へと入城した。そしてまる一日、兵たちはゆっくりと休息した。

とはいえ、休めるのは兵士だけだ。その間、俺たちは作戦を立てなければならない。

新設されたニュンバル侯領……中でも旧エトゥルシャル侯領中部、エトゥルシャル・セント伯領には、河川が流れる場所が多く存在する。東西に流れるいくつもの河川は、歴史的にガーフル人に対する天然の、防衛線の機能を有してきた。そしてそれは同時に、水運の利用を活発なものとし、いくつもの都市がこの河川沿いに建てられた。

ブロガウ市も、そんな河川沿いの都市のひとつである。また、この辺りではかなり発展した都市になる。

そんな比較的大都市に位置づけられるこのブロガウ市だが、ここの人間はかなり好意的に、皇帝軍を歓迎してくれた。ブロガウ市の市長も、代官として駐留していた貴族も、それどころか西方派の教会すら、自分たちの所有する建物を快く貸し出してくれた。

これは住民の反応も同じで、多くの兵士が屋根の下でぐっすりと休むことができている。

この歓迎ぶりには驚いた。それだけ、皇帝カーマインの名声が高まっているというのもあるだろうが……何よりガーフル人と戦うというのが高評価のポイントな気がする。それだけ、この地の人々は長年ガーフル人と戦ってきた歴史を持つ。


ただ、そんな歓迎を受けたからこそ、俺たちは本陣をどこかの館に置かず、ちょうどいい位置にあった広場に大天幕を張って本陣とした。

これは既に住んでいる人間を追い出すのが申し訳ないというのもあったし、単純にここがこの都市のちょうど中心になるからだ。

その大天幕の中で、改めて俺は報告を受けていた。


「既にヴァンペスーラ城は放棄。城主以下、守備兵は全て本市に入りました。また、それ以外の前線から敗走してきた兵も収容済み。さらにこの都市に元からいた守備兵と合わせて約三千五百人……ですが負傷兵も多いのが現状です」

ティモナから報告されたのは、都市内の現状について。皇帝親征軍はニュンバル侯軍とも合流して二万五千を超えたが、これだけの数がいると、いくら住民の半数が避難済みとはいえ流石に狭い。

「そして籠城を続けていたレクスラジン城ですが……先ほどついに降伏したとの報告を受けました」

ずっと籠城を続けていたレクスラジン城がついに陥落した。元々、ほとんど兵力が残っていないとの報告を受けていたのだが、想定以上にギリギリまで粘ってくれた。

「ここまで耐えてくれるとは……しかし余は見殺しにしてしまった。すまない」

救援要請はなかったが、俺たちはこの地から動かなかった。謝ってどうこうなる問題ではないが、口にせずにはいられなかった。


「陛下のために戦えたこと……彼らも本望でしょう」

アルヌールはそう言ってくれたが、やはり俺の判断で見殺しにしたのは事実だからな。何より、彼らは本当に俺のために戦ってくれた。もっと早い段階で降伏するつもりが、「皇帝が来た」の伝令を受けて、徹底抗戦を選んでくれたようだ。だがそのおかげで、ここの軍は行軍の疲れを取ることができた。

「俺からも報告だ」

アトゥールル騎兵を率いるペテル・パールが、地図を指さしながら報告する。

「付近の橋は大体落とした。ただ、下流の方にひとつ、石橋が残っている」

本来、この時代の橋は石橋と木造の橋が半々くらいだ。だがこの辺りの地方は、歴史的にガーフル人と戦ってきたので、大半がいつでも落とせるよう木造の橋になっている。

反対に、敵軍と戦うことが想定されていない帝都周辺などでは、ほとんどの橋が石でできていたりする。

「その位置なら問題ないだろう。助かった」

次に報告するのはエタエク伯と宮中伯だ。

「報告します！　我々の偵察によれば付近の敵軍はここブロガウ市を目指しており、夜行した場合は明日未明、または明日正午ごろに接敵すると思われます！」

「我々も同じ見解です。付け加えるなら、敵はここに陛下がおられることを把握しております」

なるほど。まぁ、それは別に隠してなかった……どころか堂々と俺の旗掲げてたし、知られてて当たり前か。

俺は敵にとって手柄首だからな……無視して迂回する可能性は低い。となると、やはりこのブロガウ市で決戦か。

「先ほど、ヴェラ＝シルヴィから連絡があった。明後日には目標地点に到着できるそうだ」

俺からの報告も加えて、いよいよ防衛計画を練るわけだが。

「それを踏まえて……やはりこちらから打って出るのはどうだろうか」


ここブロガウ市は、東西に少し長い、長方形状の都市になっている。四方を城壁に囲われ、そして都市の北側には川が流れており、これは水堀としての役割も果たしている。

そして北側の城壁については、眼前に水堀があるためか、大人の背丈より少し高いくらいの高さしかない。これは城壁としてかなり低い。一方で、それ以外の三方はかなり高い城壁を備えている。

「都市の北側、及び市外の東西……その川沿いに部隊を配置。上流でヴェラ＝シルヴィの魔法を使い一時的に川の水を堰き止める。都市北側は魔法兵に坂を作ってもらい城壁を越えさせる。そして全軍で敵軍を強襲、その後都市に退却し、川の水を再び流し敵の追撃を阻止する」

俺はこの作戦の是非を諸将に問う。

「奇襲としては……良い案かと」

アルヌールが頷く。だがそれに続いて、ペテル・パールが意見を述べる。

「それをやるなら、時刻は夜か明け方がいい。欲を言えば月の出てない時間が良いが……そこまで徹底するかは任せる」

なるほど、奇襲ならその方が効果的だ。川の水が見えにくい方が、敵も混乱するだろう。だが月明りの反射は……俺、暦とか天文詳しくないな。専門家が必要か？

「では、基本はその方針で。次は布陣だが、余はあまり詳しくない。諸将の意見を求む」

俺たちはこの奇襲を成功させるために、作戦を練っていく。

……そして俺はまた過ちを犯す。

だが俺は、この戦いを経て一つの学びを得た。知識では理解していたことを、実体験としてこの身に刻むことになる。

それは……「自分が奇襲する側だと思っているときこそ、最も効果的に奇襲の被害を受ける」ということだ。

＊＊＊

ついにガーフル軍が現れた。敵の総数は、約三万。様々な旗が風になびいている。

俺たちは既に都市の北側に残していた橋も落とし、布陣を完了させている。都市北壁には皇帝直轄軍の半数五〇〇〇と魔法兵、ニュンバル弓兵二〇〇〇を配置。

市外の左翼側には弓兵隊を除いたニュンバル侯軍五〇〇〇、ブロガウ市及び周辺都市の守備隊を再編した二〇〇〇、合わせて七〇〇〇。

右翼側には皇帝直轄軍のもう半数五〇〇〇と、アトゥールル騎兵二〇〇〇の計七〇〇〇。

そして残るはエタエク伯軍の騎兵二五〇〇だが、彼らについては作戦会議の結果、別働隊とすることになった。下流の石橋を通って迂回し、軍背後の捕捉されない位置にまで進出。そして本隊の夜襲を受け、敵軍が混乱したタイミングで敵本陣に奇襲……ベイラー＝ノベ伯を討ったその手腕で、敵本陣を攻撃してもらおうって算段になったのだ。

これから夜になるまで、両軍は睨《にら》み合うことになる。

その間、やることのない俺はブロガウ市の市長や、市内に残っていたガーフル共和国と取引をしたことがある商人にガーフル軍の旗を見てもらうことにした。

ガーフル共和国は、実質的に貴族共和制の国だ。その為、帝国で言う皇帝直轄軍のような、中央軍というものを持たない。また貴族に制限をかける存在がいないため……結果的にガーフル貴族は、戦場で少しでも目立つようにカラフルな服に身を包み、華美な装飾を身に着け、そして自身の旗を大々的に掲げるようになった。

こうして自分たちの家の武勇をアピールするのは、彼らにとって死活問題になっている。貴族議会から認められようと……あるいは貴族議会の議席を得ようと必死なのだ。

つまり何が言いたいかというと、ガーフル軍の旗は遠くから見ても分かりやすい。大きいし派手だしな。だから遠目から見ても、どの貴族がその軍に参加しているのか簡単に分かる。

しかし俺はどの旗がどの家の物なのか知らないので、それを知っている人間に見てもらっているという訳だ。

そしてその情報を宮中伯に報告してもらい、早い話がどの派閥がどのくらい参加しているのかを照合してもらおうと思ったのだ。

「それで、どうだ宮中伯」

「まだ全てではありませんが……さすがに穏健派、あるいは帝国派と呼ばれる派閥はおりません。しかし、主戦派と呼ばれる勢力の貴族……その中でも主要な大貴族は、ほとんど見えておりますが」

なるほど、主戦派はだいたい皆いるのか。なら晩餐会でステファン・フェルレイが俺に認めさせた、「交戦しているのは過激派、あるいは暴走した主戦派のみ」という言葉は完全に嘘だったわけだ。

ということは、奴の狙いは……。

俺がこの暇な時間にそれを考えようとしたところで、ティモナに呼び止められる。

「陛下」

ティモナ・ル・ナンは俺の側仕人《そばづかえにん》、護衛から秘書まで幅広く担っている……だが最近は護衛の役を近衛に任せるようになり、手の空いた時間は自己判断で動いている。そんなティモナは、先ほど皇帝直轄軍の様子を見てくると言って、北壁に向かったはずだ。

「どうした？」

「城壁の兵の中に、気になることを言っている者が」

こういう時、例えば特定の部隊長に対する不満が多く聞こえただとか、飲み水の配給に偏りが生まれてるだとか、そういう細かい情報を俺に与えてくれる。そういうミクロの視点は皇帝の立場にいると見逃しがちだ。本当に助かっている。

「聞こう」

「川の水位が減っている気がすると話す者がいます。数は多くありませんが」

水位？　確かに天気は晴れているがまだ春先だから、普通水位は減らないだろう。むしろ天届山脈から豊富な雪解け水が流れ込んで水位は高いはずだ。……しかも数は多くないってことは、一人じゃないな。

「敵部隊の動きは？」

「変化があれば、どんな変化でも報告するように言ってありますが」

ならいい……いや待て、本当に大丈夫か？　なんか嫌な予感がする。

「宮中伯、念のためペテル・パールとアルヌールをここに呼んでくれ」

「ただちに」


そして俺は念のためヴェラ＝シルヴィに現状を聞こうと、『シャプリエの耳飾り』に魔力を込める。

これは恐らくオーパーツの一種類だと思われるものだが、特に脳に影響を与えるものでは無い。二つで一対のこの耳飾りは、それぞれが離れた位置にあっても、まるで無線機のように通話ができる優れモノだ。ただ欠点もある。それは発信の際に魔力を込める必要があること、そして発信能力……最初に通話をオンにすることができるのは片方だけということ。


俺は繋がった耳飾りに声をかける。

「ヴェラ、そちらの状況は」

『言って！』

『妃様に代わって報告します！』

最初に聞こえたヴェラ＝シルヴィの声、そして続く聞き覚えのない男の声。

『目標地点、敵部隊が確保済み！　作業中と見られ、その数約一〇〇〇』

……やられた。

そしてそのタイミングで、城壁からの報告も来る。

「城壁より報告です。敵中央集団に動きあり。歩兵が下がり、なぜか騎兵が前面に出て来る模様」

また俺は失敗したのか。テアーナベの二の舞だ。

……いや、まだだ。まだ間に合う！　反省は後だ。できることをできる限りやれ！

「……ヴェラ、敵兵の兵科は」

『騎兵主体です！』

再び聞こえた男の声。恐らく、ヴェラ＝シルヴィは自分だと上手くしゃべれないと判断したのだろう。彼女の方も焦っている。

「そのまま通話状態で待機」

俺は耳飾りを顔から離し、大天幕内の伝令や指揮官全員に向け叫んだ。

「敵の奇襲が来る！　伝令をかき集めろ！」

拍車山の戦い

　俺の言葉に、ヴォデッド宮中伯やティモナ、バルタザールなどはすぐに事態を把握した。まだ事態を把握できてない人間もいるが、この三人がいれば近衛と密偵と伝令に指示を出せる。

「市外両翼に展開している全部隊収容！　ただし銃兵から優先して入れろ！」

　大丈夫、まだ間に合う。敵はまだ突撃の準備を整えていないし、やることはただの籠城戦だ。

「各城壁に可能な限り銃兵隊を増員！　ただし南門は後回し！」

　敵に攻城兵器は無いし、三倍の兵力差もない。あとは騎兵さえ対策できれば……。

「魔法兵、北壁にて戦闘準備！　召喚魔法用意！」

「陛下、エタエク伯への狼煙《のろし》は」

　俺の矢継ぎ早の指示に対応しながら、宮中伯は俺のサポートまでしてくれる。

「『作戦失敗』だ！　間違っても『作戦中止』は上げるなよ！」

　そのタイミングで、ペテル・パールとアルヌールが天幕に入ってくる。

「ペテル・パール！　アトゥールル騎兵は工作を予定していた水路分岐点へ全速力で急行。現地に展開した敵軍を撃破せよ！　ただし、魔力はなるべく使わず、使わせるな！　それ以外は全てお前の判断に任せる！」

「……状況は理解してないが命令は覚えた。その無茶、引き受ける」

時間がない。だからこそ優先順位を間違えるな。

「バリー！　近衛兵半数を率い北壁へ迎え！」

「目的は⁉」

……そうか、確かに言わないとダメだ。

「俺はここを動けないから代わりだ！　士気を上げろ、俺の名前をいくらでも使え。現場指揮官が望んだら指揮を引き継げ。できなくてもやれ。行け！」

「はっ！　了解っ！」


よし、次っ。

「応答しろ、ヴェラの状態は」

『まだ魔法は使っておりません。安全な距離まで離脱し待機しておりますが、気付かれた可能性はあります。それと、動きに変化が。作業を終えた可能性ありです』

この知らない男、いい働きをする。

「分かった、そちらそのまま安全な距離で待機。アトゥールル騎兵によって目標地点が確保され次第、作戦開始。それと、ヴェラに替わってくれ」

……よし、ヴェラは焦らせてはダメだ。彼女の魔法はテンションに左右される。彼女をやる気にさせなくては。

『どう、しよ』

彼女も動揺している。こちらの焦りは悟らせないように……。

「ヴェラ、状況が変わった。今ペテル・パールがそっちに向かっている。アトゥール騎兵が敵を退けたら、作戦再開だ。できるか？」

『うん、うん！』

よし、この声色ならいける。

「頼んだ。頼りにしてるよ、ヴェラ」

本陣の慌ただしさが伝わってしまわないように俺が『シャプリエの耳飾り』を切ると、ちょうどそのタイミングで伝令が急報を知らせに飛び込んでくる。

「陛下！　川の水がどんどん減って！」

……時間切れか。

「市外の部隊、収容中止！　槍兵隊、門を守るように半円状の陣を敷け！」

俺の指示に、天幕に残っていた部隊長の一人が反論する。

「は、半円ですか⁉　そのような陣形はやったことが」

「良いからやれっ‼」

俺が思わず怒鳴ると、宮中伯に窘《たしな》められる。

「陛下」

俺は深呼吸し、また最善手を考える。

「分かってる……魔法兵部隊隊、召喚魔法無制限起動」

これで北壁は敵を消耗させられる。弾避けを送り込みながら、敵に優位な魔法を使わせないように魔力枯渇を狙う。恐らく敵もこちらに応戦するために召喚魔法を使わざるを得なくなるはずだ。そして距離的に、ヴェラ＝シルヴィの位置には魔力枯渇の影響は出ないはず。その代わり、遠すぎるが故にアトゥールル騎兵の全速力ですら時間がかかる。それまで耐える戦いだ。

「市外部隊の取り残された銃兵は槍兵隊の後ろに。市内に収容できた銃兵はそのまま城壁から射撃。市外に残された銃兵と市内の銃兵で十字砲火できるように心がけよ」

一番最悪なのは、収容を続けて追いつかれ、敵の侵入を許すこと。そうなるくらいならいっそ、陣形を整え迎え撃つ準備をした方が生存率は上がるはずだ。上手く十字砲火できるかは分からないが、無いよりはマシなはず。

……これでも、まだ勝利には数手足りない。

「市外左翼、ニュンバル軍の騎兵はどこにいる」

「おそらくまだ市外です」

迂回中のエタエク騎兵はたぶん捕捉されてない。彼らには奇襲のチャンスがある。

ニュンバル騎兵の方には、その為の囮になってもらう。

「ニュンバル騎兵、敵に突撃。敗走時は南西へ」

これで少しでも敵を引きつける。その上で、敵が「騎兵を破った」と誤認してくれれば最高だ。


あとは……現場指揮の強化か。

「宮中伯はこのままここで俺の補助。アルヌール、西の城壁で部隊の指揮を執れ。ティモナ、東の城壁の指揮を執れ」

「はっ」

「かしこまりました」

すぐに天幕を飛び出す二人を見送る。これで東西の守りは足りるはず。……だが念のため火力の補助を送るか。

「ニュンバル軍弓兵隊、魔弓ではなく通常弓兵として使う。五百ずつ四方の城壁に送れ」

これでなんとかなってくれ……いや、違うな。なんとかするんだ。


それから、ずっと息のつまるような戦いだった。

「敵はまだ南門までは向かってきておらず」

「それでも警戒は怠るな」

歓声や怒号は遠くに聞こえる。それでも、絶え間なく送られてくる伝令が戦況を如実に表していた。


「魔力、枯渇を確認」

「魔法兵部隊を下がらせろ。代わりにゴティロワ族部隊を北壁に」

ほぼ予備兵力はない。だが、今回はそれでいい。ヴェラ＝シルヴィによる川の復旧まで半日かかるようなら、どのみち負けだ。これは籠城戦というより、都市の一部を利用した総力戦になる。

敵も総攻撃のつもりらしい。明日以降を考えていない激しい攻撃だ。

「ニュンバル騎兵、敗走。指示通り南西に向かっております」

「……そうか」

早すぎる……いや、あんな命令を下されれば逃げ腰になるか。俺が彼らに死を命じた。だが、これが一番合理的な判断だったはずだ。


「宮中伯、負傷兵を一か所に集めてくれ。突破され市街戦に突入したら、俺が彼らを率いる」

「承知しました」

その時は体内の魔力を使って魔法を使って戦うしかない。その場合、色々な計画が全て破綻するが背に腹は代えられない。負傷兵も、申し訳ないが無理やりにでも戦ってもらう。

……これだけ非情な采配ができるようになってしまったんだな、俺は。

その後も各城壁からの戦況の報告を聞き指示を出していると、天幕に一人の男が現れた。

「失礼します……伯爵からの命令で、ここに居ろと言われましたので」

視線を向けると、それはトリスタン・ル・フールドラン子爵……エタエク伯家の内政担当だ。

「同行してたのか。知らなかった」

「何故か連れてこられました」

というか、エタエク伯軍は今城外……いや、そんなことはどうでもいい。

「何か報告か？」

「いいえ。ただ理由は私も分かりませんが、出撃前の伯から『何かあった際は人質として陛下の傍にいるように』と言われましたので」

どういうことだ……？　まったく話が見えない。というか……。

「その言い方だと、伯爵は何かあると知っていたようだな」

「なんでも、敵軍に熱があったと」

……熱？　熱ってなんだ。

俺が聞き返そうとすると、そのエタエク伯に関する吉報が届く。

「陛下っ！　エタエク伯軍が敵右翼側に出現！」

「そうか！」

最初の作戦で、迂回することになっていたエタエク騎兵……もっと時間がかかるかと思ったが、間に合ったようだ。そのまま敵の側面を突いてくれれば……。

＊＊＊

俺はその後も、本陣で指揮を執り続けた。

本陣に兵を戻す余裕はない。余裕が出た城壁から、余裕のない城壁に一〇〇単位で兵を動かす。動かす、耐える。動かす、防ぐ。動かす、撃退する。それをずっと続ける。

やがて少しずつ各方面が落ち着き始める。敵の第一攻勢をどうやら受け流しきったらしい。俺が指示を出さなくとも、それぞれの指揮で問題なく敵が撃退できるようになる。

俺は一度大きくため息をつき、改めて宮中伯に尋ねる。

「各方面の状況はどうなっている」

「北壁の敵はなおも城壁に張り付き、上がってきています。一部、城壁の上で白兵戦を継続中」

川の流れを先に敵に変えられ、北壁は敵の総攻撃を受けることとなった。元から防御を川に頼っていたここは城壁が低く、部分的ながら敵に城壁上へ侵入され、白兵戦になっている。

だが幸いなことに、水量がほとんどなくなった川の底は泥濘になっていた。この泥に脚を取られる為、敵は騎馬兵を北壁方面に突撃させることはできなかったようだ。

また、かなり早い段階から北壁では召喚魔法で敵をけん制しており、敵もこれに応戦する形で召喚魔法を使用。結果、早々に魔力枯渇へと陥った。このおかげで、敵は魔法を使って地形を変化させることができなかった。川底の泥濘も固められないし、城壁を越えられるように地面を盛る魔法なども使えていない。


「近衛の消耗は？」

「ほとんどありません。狭い空間での白兵戦は、彼らが普段鍛錬している内容に最も近いですから」

宮中伯の言う通り、宮中での護衛を普段の職務とする彼らにとって、狭い城壁上での白兵戦というのは、もっとも訓練内容に近い戦場になっている。彼らが効果的に機能し、敵が城壁に上っても問題なく撃退できている。

「何より、騎兵部隊が東西の両城壁に流れましたから」

突撃ができない北壁から、城壁外に兵が残っている東西へと敵の騎兵が移動してくれた。戦術的に考えれば下馬してでも城壁を越えられる可能性がある北壁を重点的に攻撃した方が良いのに。敵が間違いを冒してくれて助かった。


「東西の両城壁はどうなっている」

「城門を守るようにして展開した槍兵の密集陣の前に、敵は攻めあぐねています」

敵騎兵は城門の外に展開した歩兵を蹴散らそうと突撃し、その度に撃退されている。

そもそも、騎兵は長槍兵の密集陣形が苦手だ。一方、密集陣形を組んだ長槍兵は機動力が死ぬ。だから騎兵側の対抗策として、ほとんど動けなくなった密集陣形の背後へと回り、突撃するというものがある。ただ今回の場合、槍兵隊の背後は城門と城壁だ。後ろに回り込まれることは無い。

そしてもう一つ。本来騎兵とは突撃し、そのまま走り抜ける方が強い。だが今回の場合、城門の前で陣形を組む槍兵隊に敵は我先にと突撃してしまい、走り抜けられず足が止まったところを城壁から銃兵や弓兵に狙い撃ちにされ多大な犠牲を払っているようだ。


そしてこの一連の敵の無茶な攻撃で分かった。敵はあまり連携が取れていない。

たぶん、これが貴族共和制の欠点の一つだ。貴族間の利害関係などで、一つの指揮系統が完璧に確立できていないのだ。だから貴族家ごとに、無茶な突撃をやってどんどん犠牲を出している。

「敵の無鉄砲な突撃が、結果的に波状攻撃のようになり、こちらを消耗させている。あまりいい状況では無いな」

「ですが、こちらの槍兵部隊はかなりの士気の高さを維持しています」

槍兵たちは城壁の外に取り残され、城門は固く閉ざされた。そして退路を断たれた兵というのは、二通りの反応を見せる。一つは絶望して敵に降るというもの、もう一つは死に物狂いとなって戦い続けるというものだ。

そして今回の場合、確かに槍兵らは取り残された。しかし城壁からは銃兵や弓兵の手厚い援護が絶え間なく続いている。退路は無いが、孤立もしていない彼らは、この戦いに希望を抱けている。

だから彼らは死に物狂いで戦う……背水の陣みたいなものだ。


「それでも、いつかは限界が来る……南壁は？」

「交戦無し。敵は南壁側には一切回り込んでおりません」

それでも、敵がいつ南壁にも回り込んでくるか分からない以上、こちらは最低限の守備を南壁にも置かなくてはいけない。その結果、各城壁で敵に兵数の上で有利を作られてしまっている。ただでさえ敵の方が兵力は上だったのに、敵の方が戦力の集中はできている訳だしな。


そして何より問題なのは……。

「エタエク伯軍が動かない」

自分でも驚くくらい、苛立った声が出た。敵の側面を突ける位置に進出したにもかかわらず、エタエク伯は一切動く気配がない。

「『突撃』の狼煙を上げていますが、反応はありません」

宮中伯の返答に、俺は天幕内にいるエタエク伯家の人間へと目を向ける。

「これはどういうことだ？」

裏切ったか。仮にそうだとしても、それほどショックは無いな。アトゥールル騎兵とヴェラ＝シルヴィの策が上手くいけば、この戦いは多分勝てるからな。

俺の言葉と視線を受け、フールドラン子爵は肩をすくめる。

「あの人が何考えてるかなんて、分かるはずがないでしょう」

まぁ、そのエタエク伯に「人質として」この天幕にいるよう言われたらしいからな。


その時、その場にいた伝令の一人が声を上げる。

「陛下、無礼を承知で意見を述べさせていただいてもよろしいでしょうか」

その伝令は十代後半と言った風貌の青年だった。俺は名前も知らない伝令だ。

まぁ、一伝令が皇帝に意見を具申するっていうのは普通はダメだろう。しかし今は戦闘中だし別にいいか。

「よい。申してみよ」

「はっ、失礼します。まず仮にですが、エタエク伯が敵と当初より通じていた場合、既に敵軍と合流するか、都市内部で反旗を翻しているはずです。そして仮に、我らを見捨てたのであれば伯爵は戦場に現れることなく、あるいは状況を確認して早々に兵を退かせているはずです」

……なるほど、確かに今のエタエク伯は、そのどちらでもない。彼女は敵からも見える位置に到着し、そこから動かずにいる。

「そして現状、敵の一部はエタエク軍への警戒のために、動けずにいます」

これも事実だった。敵は三方の城壁に攻め寄せてきているが、それとは別に、北壁を攻撃する敵軍の後方に動かない敵部隊がいる。

「その部隊はエタエク伯軍とにらみ合っていると？」

つまり、エタエク伯軍は敵軍の一部をブロガウ市から引き離すことに成功しているってことか。

「はい。そして敵は、エタエク軍を寡兵で以て追い払おうとすれば、その反撃にあい被害を出すでしょう。多勢を以て戦おうとすれば、エタエク軍は機動力を以て悠々と距離を保つでしょう」

「一理ある」

……というか、たぶんこの男の言ってることが正しい。俺も冷静じゃなかったようだ。

「お前、名前は」

「ブレソール・ゼーフェであります」

平民か？　だがゼーフェは帝国貴族の姓の一つだ、関係者だろうか。

「覚えておこう」

ただの伝令にしておくにはもったいない人間だ。後で密偵に身辺調査をしてもらってから取り立てよう。

「あとは臆して動いていない、という可能性がありますが」

あるいは、と宮中伯が別の可能性を指摘すると、それまで飄々としていたフールドラン子爵が声をあげて笑った。

「あの伯爵がですか！　それはあり得ませんよ。軍事のことは全く分かりませんけど、それだけはあり得ないと言える……陛下、俺はあの人の考えなんてこれっぽっちも分かりませんけどね、周りの人間に理解できない行動をとるとき、あの人はいつも常人では無し得ない成果を上げるんですよ」

……というか、裏切り者扱いされて意外と頭に来てたんじゃないか。

「むしろ手綱を握れきれるか、そっちを気にした方が良い」

「子爵！　それは陛下にあまりに無礼かと！」

そう言って声を上げたのはブレソール・ゼーフェだった。お前が怒るんかい。


そんな時だった。別の伝令が、勢いよく天幕に入ってくる。

「陛下！　エタエク伯から書状が！」

ちょうど話題にしていたタイミングで来たな。

「読み上げろ」

というか、この話をしているうちに空気中の魔力が回復し始めたな。そろそろ魔法兵にもう一度伝令を出すべきか。

「はっ『この首を以て戦いの結果に責任を負いましょう。しかして栄光は帝国と陛下に。皇帝陛下万歳！』だそうです」

「なるほど」

言いたいことは分かった。つまり、勝っても功績はいらない。負けたら責任を負う。だから勝手にさせてくれって言いたいのだろう。

「トリスタン、エタエク伯は演劇が好きか」

「え？　あ、はい。かなり好きです」

だろうな。この如何にもセリフっぽい言い回し、あまりに格好つけている。……そういう年頃か。まぁ、敵の手に渡るところまで想定しただけかもしれないけど。あと、フリードリヒ大王に仕えた将軍に、似たこと言って抗命した指揮官がいた気がする。

「何か返しますか」

宮中伯の言葉に、俺は否定する。確かそのプロイセンの将軍は戦果上げてたし。

「いや、いい。彼女はもう放っておけ」

そう言うからには、ここから成果を見せてくれるんだろう。


するとそこで、さらに別の伝令が駆け込んでくる。そして同時に、北壁側で歓声が上がった。

「陛下、河川が復旧しました！」

流石だ、ヴェラ＝シルヴィ。ペテル・パールも、よくやってくれた！

「しかし反動か水量が増しており、北壁に取り付こうとしていた敵部隊が流されております」

増水だと……なら東西の壁面を攻撃していた敵も退路が無くなった！

「門を開け！　全軍突撃っ!!　守りは考えるな！」

俺の号令で、天幕内の伝令が一斉に各方面に向け走り去る。さらにそのタイミングで、入れ替わるように入ってきた伝令の一人から報告が入る。

「陛下！　エタエク伯軍が突撃開始！」

……勝ちが決まってから突撃するだけなら、誰だってできるぞ。

あれだけのことを豪語したんだ。見せてもらおうじゃないか。

ガーフル人殺し

馬具には、拍車と呼ばれるものが存在する。靴の踵の部分に装着する小さな突起がついたこの馬具は、騎手から馬への推進の合図を強化するために用いられる。

ガーフル人にとって、これは貴族の象徴だった。元々騎馬民族だったガーフル人には、「馬に乗れなければ貴族に非ず」という考え方があった。よって、貴族はみな騎兵となれるし、だれもが騎兵に憧れる……それが、ガーフル騎兵の強さの根底にあった。

拍車、華美な装飾のついた派手な鎧、そして軍旗。これらがガーフル人の、貴族を表す三要素だった。

そのすべてが地に臥《ふ》せっていた。転がっていた……死体とともに。

「まさか、ここまでとは」

増水した川の水量が戻った頃には、日も暮れ始めていた。だから俺がこの光景を目にしたのは、翌朝になってからだ。

「……敵の生き残りは？」

俺の質問に、宮中伯が答える。

「東西の城壁前で、退路を断たれて降伏した兵、約一万二〇〇〇……それだけです」

それはつまり、残る約一万八〇〇〇の敵……敵軍全体の半数以上が、死体になってしまった可能性が高いということだ。

ここから見える範囲でも、死体が……死体の山が、ずっと北へと続いている。

あの時、川は予想以上に増水していた。それは濁流となり、北壁側を攻撃していた敵や、東壁を攻撃していた敵の一部がその濁流に流されて死んだ。

そしてその濁流を前にして、東壁や西壁を攻撃していた敵軍は、退路を断たれたことを理解して降伏した。

……ここまではいい。それでも、川の北側に敵はまだ一万以上の兵力を残していた。彼らは敗戦を悟り退却しようとしていた。そして帝国軍も、橋もなく濁流となった川は越えられない為、追撃はできない……そこで終わるはずだった。

ただ唯一、その時点で川の北側にいた部隊がいた……エタエク伯軍である。僅か二五〇〇騎の彼らは、敗走中とはいえ四倍以上ガーフル軍を、殲滅してしまった。

俺たちはその様を、遠目でただ見ていた。突撃し、西から東へ突破したかと思えば、また突撃し今度は東から西へ突破。また突撃し西から東へ突破し、また突撃……突撃と突破を、ずっと繰り返していた。本当にずっと繰り返していた。たぶん夜通し繰り返していたし、それは恐らく今も続いている。

「本当に、同じ人間か？」

そう思ってしまうほどの、一方的な戦いだった。確かに、騎兵が最も戦果を挙げるのは追撃の時だと思う。

だが敵だって死にたくないと必死で抵抗したはずだ。敵は武装している兵だ。実際、エタエク伯軍のもの見られる死体も混じってる。

何度も言うが敵はエタエク伯軍の四倍以上の兵力で、騎兵だって残ってた。

それを、いとも簡単に……ナイフでバターを切り分けるように、切り裂いていった。濁流を越えられない俺たちは、それをただ眺めることしかできなかった。

もちろん、エタエク伯のこの活躍は追撃時のものだ。彼女の成果は「勝利」を「大勝」にしたに過ぎない。

今回の戦いの「勝利」の要因は別にある。それは……ガーフル軍が、ずっと自分たちが奇襲する側だと思っていたことだろう。川をせき止めることに成功し、罠に嵌めた安心感から、相手も同じ場所に狙いをつけていたことに最後まで気が付かなかった。

自分が奇襲する側だと思っているときこそ、最も効果的に奇襲の被害を受ける。俺はそれを身を持って体験した。あれほど一方的に攻め寄せられ、防戦一方だったのに。ここまで敵が総崩れになるとはな。


「それで、エタエク伯は今どこに？」

「もうすぐ国境にたどり着くそうです」

未だにずっと敵を追撃して狩り続けてるとか、ガーフル人に恨みでもあるのか？

いや、もちろんこれが戦術的に正しいことなのは分かっている。敵が崩れたのならば、徹底的に追撃するべきだ。目先の勝利に酔い、その先の勝利を取り零した例は歴史上枚挙《まいきょ》に暇《いとま》がない。

だが分かっていても、途中で止めてしまうのが人間だ。それを、夜通し戦い続けるとか……エタエク伯軍は噂通りの連中らしい。

「やべぇな、あいつら」

その後、ガーフル貴族の軍旗は皇帝軍が回収した。ガーフル貴族が身に着けていた華美な鎧や装飾のついた鎧は、地元の人間が売り払おうと漁っていった。

残ったのは死体の山と、同じく山のように積み上がった拍車のみ……拍車も少しは金になるはずなのに、あまりに多すぎて乞食ですら拾うことはなかった。そんな伝説が残ることになるこの戦いは、後に『拍車山の戦い』と呼ばれることになる。

＊＊＊

皇帝親征軍はその後、ニュンバル侯領をガーフルとの国境まで取り返した。もちろん、抵抗は一切受けなかった。そして国境付近でようやくエタエク伯軍と合流することになる。


「敵の新手だと？」

俺は合流したエタエク伯から、そんな報告を受ける。

ちなみに、独断専行の処罰を……とか申し出てきたけど、もちろん咎めることなく許している。独断専行はそれに見合う成果を上げれば許されるのがこの国のルールだ。

伯爵はそれだけの功績を上げているし、冷静に考えればあそこでエタエク伯が攻撃しなかったから、敵は後退せずにブロガウ市に固執し、退路を断たれた一万二〇〇〇もの捕虜を得たのかもしれない。全ては結果論の世界だからな。

……というか、これで俺が処罰を下したら、俺が批判されること間違いないし。だって皇帝軍内部で噂されてるエタエク伯のあだ名、『ガーフル人殺し』だぜ？　ガーフル人と長らく宿敵関係にあったブングダルト人的には、讃えることはできても咎めることはできないだろうよ。

あとそうそう、ヴェラ＝シルヴィについてだが……さすがにあのブロガウ市北の惨状は見せたくなかったので、別行動で南に向かってもらってる。新しい仕事はゴティロワ族領の遺跡調査に向かったヴァレンリールと合流すること。そしてヴァレンリールがゴティロワ族に迷惑かけていないか確認し、迷惑をかけていた場合はヴァレンリールと牢にぶち込んでゴティロワ族に賠償する。っていう、極めて重大な仕事を任せている。

閑話休題、エタエク伯が言う敵の正体は、どうやら新手とは少し違うらしい。

「いえ！　私もそう思って突撃しようと思ったのですが……向こうの使者らしき者が講和を求めているだけだと主張するもので」

「講和だと？　……名前は」

「ステファン・フェルレイ、とのことです」

アイツか……この期に及んでついに出てきたか。

そして俺たちは、ステファン・フェルレイから提示された条件に目を通す。

まず大前提として、「今回の戦いは『暴走した主戦派貴族』による勝手な侵攻であり、これは皇帝カーマインも認めるものである」の一文からはじまっていた。

普通にイラっと来たが、我慢してそのまま読み進める。

次に、「しかしそれでは納得できないと思うので、共和国は賠償金と責任者の首を差し出す用意がある」とのこと。

「責任者ですか、もしかして逃がしてしまったのでしょうか」

そう首をかしげるエタエク伯。今回の追撃で敵の大将を討ち取れなかったと解釈したらしい。

実際は敵の将は皆討ち取るか、捕虜に取るかしている。討ち漏らしはほぼゼロに近い。それくらい、今回の戦いに参加した敵の貴族は壊滅している訳だが……違うと否定するのも面倒だったので、これも放置。

どうせ適当な貴族をスケープゴートにするつもりなんだろう。最初っから敵は「暴走した過激派」ではなく、「穏健派以外のガーフル貴族」だったんだから。

そして最後に……もしこちらが講和を望まないなら「連れてきた穏健派の軍勢も参戦せざるを得ない」とのことだ。

その数、二万。

「どう思う」

俺はその場の諸将に意見を募る。まぁ、結果は何となく俺も分かっているが念のためな。

「平地で何の策もなく正面から戦えば、今の我々には厳しいのでは」

「……同じ意見です」

まぁ、やっぱりそうだよな。

俺たちは、歴史的な完勝を遂げた。下手したら歴史の教科書に載るんじゃないかってレベルの大勝だ。ただ、その代償も大きかった。

そもそも、その前の籠城戦が本当にギリギリの戦いだったのだ。大量の負傷兵はブロガウ市に置いてきたし、ここに来るまで各地を解放しながらだったから、兵は最低限しか休めていない。そんな消耗しきった状態で、新しい敵とか……そりゃ厳しいってなるのは当たり前だな。

「エタエク伯は？」

「ご安心ください、我ら最後の一兵となるまで戦い抜いて御覧に入れます」

エタエク伯のそれ、言外に勝てないって言ってるようなもんだから。実際、エタエク伯軍はこの追撃で無茶な突撃を繰り返していたため、負傷兵なども多く出している。今は元の半数以下の兵しかいない。あの異常なまでの突撃をしたエタエク伯がこの意見だと、まぁ無理か。

しかし、ペテル・パールは少しだけ違う意見のようだ。

「籠城戦を選ぶなら可能性はあるんじゃないのか？」

俺からの無茶な命令を無事に完遂したアトゥール騎兵は、俺に臣従してから一番の損害をこの戦闘で出している。

それでも、そのお陰で歴史に残るような大勝を帝国は掴んだのだ。その甲斐はあったと思いたい。

「意外だな……アトゥール騎兵は籠城戦に向かないだろう」

彼らはその機動力と騎上でも高い火力を出せる弓のセットで猛威を振るっている。その機動力を生かせない戦場を自ら望むとは思えない。

「あぁ、俺たちはそうだな。だが陛下は防衛戦が得意だろう。少なくとも、見てきた中で五本の指には入る。どうせなら得意な戦場を選ぶべきだ」

……なるほど？　言われてみればシュラン丘陵の戦いも今回も防衛戦か。テアーナベ遠征の時は攻撃側だったり、攻城戦だったり……それらの戦いでは何もすることが無かった。

思い返すと実に情けない。これ、防衛線が得意っていうより、防衛線くらいしか役に立てないとかじゃないよな？

「しかし……敵は手痛い敗戦の後です……警戒するのでは」

「相手を自分が得意な戦場に誘い込むのも戦術だ。俺は思いついていないがな」

アルヌールにそう返すペテル・パール。まぁ、警戒されてるっていう意味では、今回の戦法と同じものは使えなさそうか。いくら全滅に近い損害を与えたからと言って、生き残りがいないわけではなさそうだし。

「となると、内容は別として講和は受ける方向か？」

「口惜しいですが……やはり隣が」

アルヌールの不満げな声に、俺も思わず苦笑いを浮かべる。

「若いアーンダル侯には期待したんだがな」

結局、彼はガーフル相手に一度も勝てなかった。というか、まともな戦いにすらなっていなかったらしい。もちろん、ガーフルの主力はニュンバル侯領に来ていたし、それは俺たちによって殲滅された。それとは比べ物にならないほど少数で、弱い相手に大敗したと。

「ヌンメヒト女伯の援軍込みで辛うじて耐えているようでは、この先が思いやられます」

ヴォデッド宮中伯の辛口評価も入る。まぁ、彼については後で考えないとな。


「しかし当初の目的は達成できたか」

「はい……助かりました」

そう言って恭しく礼をするアルヌール。俺たちは突出したガーフル軍を殲滅し、突破された戦線を完全に押し返した。それが目標だったのだから、ここら辺が潮時だろう。

何より、ガーフル相手に講和を結べれば皇帝軍を帝都に戻し、今度はやや押し込まれているワルン公領方面に移動することも可能だ。あるいは敵首都を電撃的に攻撃できそうなアプラーダ王国攻めの準備に入ったっていい。

となると、講和一択だな。

そう決めた俺が宣言しようとした時、ニュンバル伯が「あ」と声を上げた。

「忘れていました。条件としてもう一つ……陛下との直接交渉を望んでおられます」

そういう大事なことはもっと早く言え……まぁ、想定の範囲内だけどね。

＊＊＊

本来、講和とはすぐに成立するものでは無い。事前交渉を経て内容を折衝し、お互いの妥協点を探り、相応の合意の上で成立する。

だが、今回の講和についてはその事前交渉は無しとなった。それがあちらからの希望だ。向こうの魂胆はもう読めてるのに、まだオーパーツを使えると思っているらしい。

むしろ俺としては手間が省けて有難いと思っているくらいだけどね。

場所は、帝国とガーフル共和国の国境、ちょうど境にありよく領土争いの種となっている村が選ばれた。

「既に先遣隊が村に向かい、講和会議の場を整えているとの報告が」

向こうが皇帝を指名してわざわざ呼び出してきたのだ、その分、場所のセッティングはこちらで行えることになった。会議用に部屋を掃除し、封魔結界も持ち込み起動……ここまでは別に、何一つとしておかしなことはしていない。

「陛下。あの講和条件を受け入れるので？」

会場に向かう馬上で、ティモナがそう俺に尋ねてくる……やっぱり、俺と長いこといるせいか俺の考えが少しずつ分かるようになってないか？

「いや？　全くそんなつもりは無いが」

そもそも、俺はどうしてもガーフル共和国に認めさせたい条約が一つだけあるからな。

俺はさらに、信用できる二人にニヤリと笑いかけた。

「バリー、ティモナ。頼みがある」

奸臣の真実

講和交渉が行われるテント……村の外に置かれた大天幕に、先に到着したのはガーフル共和国の外交官としてやってきたステファン・フェルレイだった。

これは、自然なことではあった。皇帝は立場として、最上位に君臨する。基本的に相手を待たせて当たり前なのだ。

しかし不自然なこともあった。それは皇帝よりも先に、彼の腹心として有名な側仕人と彼の近衛長がテントの中にいたこと。

果たして彼は、気づけただろうか。まぁ、違和感に気が付けても……防げなければ俺の勝ちだ。

＊＊＊

「まぁ別にいっか、失敗しても」

俺はそう呟き、講和会議の場としてセッティングした天幕に近づく。

俺は腰に差している剣の鞘をそっと撫でる。『聖剣未満』……なんの力もない、ただ魔力を蓄えているだけの剣。だがその事実を知る人間はほとんどいない。

俺は魔法をかなりの練度で使えることを、大々的には見せていない。それでも人前で魔法を使う必要が出た時、カモフラージュできるようにこの剣を常に持ち歩いている。

即位の儀において、俺はこの剣の魔力で、剣に【炎の光線《フラマ・ラクス》】をまとわせ、宰相と式部卿の首を刎ねた。

だから多くの人間は、この剣がそういう力を持った魔道具だと思っているだろう。今回も同じ手法で、【炎の光線《フラマ・ラクス》】を使う。

天幕の中の全員が、頭を下げる気配がする。まぁ、これから皇帝が入るわけだからな。これが戦場ならそんなマナー誰も守らないが、ここはどちらかというと政治の場だ。剣よりペンが強い場所。だから油断する。

問題は、俺が剣の扱いが下手だということだが……振り抜けば剣で斬ったのか魔力で斬ったのかは分からないだろう。

そして何より、万が一間違えて指輪だけでなく指を切ってしまったとしても……まぁいいかと思った。相手はそういう奴だ。効果を分かっててオーパーツを使ってるんだ、それくらいの覚悟をしていて貰わないと困る。


俺は天幕の中に入ると同時に、剣の柄に手を駆ける。そして顔を上げたその場のほぼ全員が驚きの表情を見せる中、剣を鞘から引き抜く。反応したガーフル側の護衛との間には、既に事情を知っているバルタザールとティモナが入り彼らをけん制している。

その瞬間、俺はそいつと目が合った。ステファン・フェルレイ……今までただ肥満ぎみの体型としか思えなかった男だが、その巨体から考えられない速度の反応で、咄嗟に急所を守ろうとしていた。やっぱり、元は戦える人間だったか。


そして俺は、剣を振り抜いた。

「な、何をなさる！」

ガーフル共和国側の文官らしき一人がそう叫ぶ。だが、一番叫ぶべき人間は、無意識のうちにかその宝石が落ちるのを目で追っていた。

「すまない、非礼を詫びよう」

俺は床に落ちた宝石……正確には宝石の見た目をした魔道具を、足の裏に踏んづける。

……良かった、どうやら遠隔操作できるタイプのものでは無いらしい。ついでに、ティモナやバルタザールが俺を見る目にも変化はない。靴で踏んでも発動しないのかあるいは今ので壊せたか。まぁ、その辺りは後回しか。


「あまりには気持ち悪い魔道具だったのでな、思わず斬ってしまった」

その男は驚愕の表情を浮かべていた。そこには、卑しさのかけらもなかった。少しふくよかではあるが、これくらいの貴族はいくらでもいる。もちろん、生理的な嫌悪など抱かない。

「お前、そっちの方がいいぞ？　好感が持てる」

俺は宝石状のオーパーツを踏みつけたまま、表情が凍り付いたステファン・フェルレイに向かってニヤリと笑った。

「さぁ、公平な交渉といこうじゃないか」

＊＊＊

「……いつ気が付かれたので」

ステファン・フェルレイは俺の凶行を非難する訳でも、突然の出来事に狼狽する訳でもなく、絞り出すような声でそう言った。

そこにはやはり嫌悪は感じない。今は普通の声だと感じる。

幻覚や幻聴を見せられてたわけではないと思う。同じものを見ていたはずだ。ただ、印象操作を強制されていたってところだろうか。

「しいて言えば帝都での晩餐会、そこで卿が指輪に触れた瞬間か」

あの時、それまで感じていた嫌悪感が、一瞬で侮蔑にすり替わった。しかしその瞬間を、普通の人間は気付くこともできないだろう。オーパーツの事前知識が無ければ気が付くことすらなかったかもしれない。

流石に一度オーパーツの出鱈目な性能を体験していたからな。経験を生かせて良かったよ。

嫌悪を植え付け一度警戒させ、侮蔑を植え付け警戒を解かせる。その差で相手はいつの間にか油断し、自分の狙いを「些細なもの」と判断させる。相手は「どうでもいいが、醜い奴が必死に懇願してるから、そんなどうでもいいことくらい認めてやっていい」と思わされる。

そして最後に自分を取るに足らない存在だと思わせ、その後に違和感を思い出させることを防ぐ。

「上手いやり方ではある。だが、あまりに気持ちが悪い」

自分の思考というか、感情を操られる感覚。それはあまりに気分が悪い。

さて……こうしてオーパーツは相手から奪えたわけだが。

「しかし……いくら皇帝とは言え、余は大変無礼なことをしてしまった。そこで、だ」

敵の外交官らしき連中は困惑しているし、こちらの人間も、事前に聞いていたティモナとバルタザール以外、全員事情を把握していない。

とはいえ、ティモナとバルタザールも、碌な説明は受けてないんだけどな。ただ、俺が剣を抜くから何も言わず、何も疑問に思わず俺を守ってくれと。それだけの指示で、何も反発することなく、それを実行してくれた。

「この講和会議、無かったことにしてもよいぞ」

「……それは、我々と戦うということで？」

俺はステファン・フェルレイの言葉を肯定する。

「余は戦いたくないが……そちらがそのつもりなら戦うしかないだろうな。あぁ、無事に我々の撤退を保証してくれるなら、捕虜をタダで返してやってもいいが、どうする？」

俺は、もう講和する気なんて無いかのように、さらに畳みかける。

「一日停戦で兵千人……いや二千人返してもいいか。少し取り過ぎてしまってなぁ」

正直、俺は今ここで共和国と講和したい。ガーフル共和国相手の戦争は片付け、その上で一度帝都の戻り直轄軍を再編し、次の戦場へ向かいたい。

しかし、今講和を結びたいと思っているのは共和国の方が強いだろう。

「こちらの条件は議会で承認された内容ですので、私個人では如何とも返答しがたく」

ガーフル共和国は、貴族共和制の国だ。大貴族による、議会で政治が決まる。だからまぁ、この男が言っていることも、別におかしなことではない。

「それで、議会が復活するのは何年後だ？　一年後か？」

だが俺たちは、今回の戦いで結果的に大量の貴族を戦死させた。その中には、議席を持っていた大貴族も多数いた。貴族とは、言わば軍人の役割と政治家の役割を兼任した存在だ。それが一瞬で、一度の戦いで大量に屍となった。

俺たちは今回、ただガーフル軍の壊滅させたんじゃない。結果的にガーフル共和国の政治中枢……貴族による議会すら壊滅させたのだ。

「どうせ議会が復旧するまで数年かかるだろう。その間、講和条件を交渉できないというなら、現状維持とせざるを得ない」

まぁ実際のところ、こっちとしては最悪、講和を結べなくてもいい。戦線を押し戻すという当初の目的は達成できた。何より、これだけ大量の貴族が一気に死んだのだ。共和国は本当は大混乱に陥っている……あるいはこれから陥るはずだ。

つまり、ここにきているステファン・フェルレイの軍勢以外は、恐らくまともに戦える状態ではない。皇帝軍が撤退するときに攻撃されれば損害は大きいだろうが、それを捕虜という人質で誤魔化せば案外何とかなる。

「余としてはその間に、先に南方三国との戦争を片付ければいい。そもそもガーフル人と戦っているると国内の評判が良いのでなぁ……著しく政府の能力が低下し、軍隊も建て直せていないお前らと講和を結ぶのに、何でお前らの条件を飲まなくてはいけないんだ？」

こちらも当初の戦略では、真っ先にガーフル共和国と講和する気でいた。だが今回、俺たちは想定以上の勝利を挙げてしまった。流石にガーフル共和国へ侵攻するのは下策だが、継戦自体は一見悪い選択肢では無くなってしまっている。

しばらくして、ステファン・フェルレイが深く息を吸った。

「そちらの希望する条件は」

……やっぱりな。ステファン・フェルレイが嫌がっているのは皇帝軍に逃げられることではない。継戦することでも無いかもしれない。これから帝国軍がガーフル共和国領に侵攻するなら、共和国をまとめ上げて防衛戦争の指揮執ればいい。生き残っている数少ない大貴族の一人であるこの男なら、継戦自体は可能だ。何より、ガーフル領内で戦えば俺たちはたぶん負ける。

この男が嫌がったのは、南方三国と先に講和されることだ。

晩餐会の時の矛盾した南方三国使節の反応、彼らの近くにいたステファン・フェルレイ……これは外国の使節の中で孤立気味だったから同じテーブルにいたんじゃない。この男は以前からあの使節たちと顔見知りだったから同じテーブルにいたのだ。だからおそらく、彼らに南方三国が帝国と開戦することを教えたのはステファン・フェルレイだ。

　そして、もしかすると……そもそもロコート王国を唆して帝国との開戦に踏み切らせたのもこの男ではないだろうか。


　この男は奸臣と呼ばれている。自己利益のみを追求する貴族だと見られている。

だが本当にそうなら、今回の講和条件は徹底的に敵対派閥……主戦派を攻撃する内容になっていたはずだ。例えば、主戦派貴族の領土割譲……は、こちらがガーフル領にまだ侵攻してないから現状では無理か。それでも、賠償金の請求先は共和国ではなく、指定の貴族……主戦派貴族を名指しで指定するくらいのことはやって然るべきだ。なのに、賠償金は共和国から払うという……大方、この男が肩代わりするつもりだったんじゃないのか。


「条件と言われてもなぁ。余は別に講和に魅力を感じておらぬからな」

「ご冗談を……時間は互いにとって敵のはずです」

……やっぱりこいつ、帝国の事情も分かっているのか。

「そうかな？　時間をかければ、これまで何故か消極的だったヒスマッフェ王国も動き出すと思うんだがな」

　俺の言葉に対するステファン・フェルレイの反応は……無い。だが、これは不自然な無反応だ。

もし心当たりがなければ、困惑などの反応が出る。つまり、当たりだ……ヒスマッフェ王国が対ガーフル共和国に乗り気でなかったのも、この男の暗躍によって縛られていたからだ。

俺たちは皇国内での政争、あるいは内乱に介入するために、早いところ講和したい。ガーフル共和国としても、歴史的な敗北のせいで国内を立て直す時間が欲しい。お互いに講和したいところではある。

「陛下の御考えをお聞きしても」

「だから、魅力を感じないのだ。『暴走した主戦派』との講和など」

俺にその発言をさせたのは他でもない、この男なのだから。

ブロガウ市で調べてもらった敵貴族の所属派閥。確かに、穏健派は参加していなかった。だが主戦派はほとんどが来ていた。皇帝の首という火に群がる虫のように、ほとんどが参加していた。だからガーフル共和国は軍事的以上に政治的な損失を被っているのだし。

帝国が戦っていた相手は確かに主戦派で合っている。だが、暴走した主戦派のみ帝国と戦っているというステファン・フェルレイの言葉は嘘だった。

それがどういう意味かというと、この男は自己保身も自勢力の拡大も最初から狙っていなかった。このステファン・フェルレイという男は、共和国のために動いていた。だから主戦派はこの先も共和国に必要だと判断し、主戦派の主要な貴族を守るために『暴走した主戦派』という存在をでっち上げた。

ただ唯一の誤算は、その守ろうとした主戦派貴族らが壊滅してしまったこと。だから慌てて、自ら軍を率いてここに来た。

「余は共和国と交渉したいのだ」

だが、皇帝に嘘をついていたとはステファン・フェルレイも言えないだろう？　さぁ、どう出る。

「私としてことが言い忘れておりました。帝都で陛下にお会いした時点では『暴走した主戦派』のみ戦っていたのですが、今回の戦いには共和国として参戦していたようで」

……なるほど。それを事実ではないと主張することは簡単だが、否定することは帝国には難しいか。案外、最初は本当にそうだったのかもしれないしな。

テアーナベ地方での奇襲は、主戦派貴族の一部の暴走。そのなし崩し的な開戦から、有利な状況で共和国が講和できるように、ロコート王国を唆した……ステファン・フェルレイは暴走した一部貴族の尻拭いをしていただけっていうのは、十二分にあり得るな。

というかこの男、交戦中の勢力を『主戦派』ではなく、共和国全体だとあっさり認めたな。実際には、穏健派貴族はまだ帝国と交戦していない。自己保身だってできたはずなのに……主戦派へのさらなる追撃を防ぐために自分たちも責任を被りに来た。まったく、何が奸臣だ。コイツ、共和国の為の行動しかしていない。

「共和国として、帝国からの講和条件をお聞きしましょう」

「余としたことが、思わず斬りつけてしまったからな、少しは配慮しよう」

俺は、ついに交渉のテーブルに着かせた共和国に、そう前置きした上で条件を提示する。

「帝国領からの完全撤退。ガユヒ大公国及びテアーナべ地方からの完全撤退。現在ガユヒ大公を名乗るクーデター勢力との間に結んだあらゆる契約、同盟の即時破棄。共和国から帝国に対する賠償金の支払い」

ちなみに、賠償金の額は正直いくらでもいい。大事なのは賠償金を払わせるという行為。共和国に非を認めさせ、敗北を認めさせる為に必要なのだ。

「そして帝国と共和国間での捕虜の交換。今後五年間の停戦。及び今後五年間、共和国は帝国軍に軍事通行権を付与するものとする」

もとから、ステファン・フェルレイは帝国の目的を察知していた。だから俺の狙いも考えも理解したはずだ。ヒスマッフェ王国の名前を出したにもかかわらず、俺は共和国とヒスマッフェ王国が結んだ条約や契約などの破棄は求めなかった。

それはつまり、ヒスマッフェ王国と共和国が現状の関係のままで構わないという帝国からの意思表示だ。その上で、軍事通行権……帝国軍が共和国領内を自由に通行できる権利を求めた。

俺たちは皇国を攻撃する。その為に必要な侵攻ルートの一つ、北からの侵攻経路の確保……それはガーフル共和国領の通過が必須な訳だ。

だからこの講和はメッセージでもある。つまり、手出しせずにただ通過させてくれるなら見逃すけど、皇国側に付くなら滅ぼすぞっていう帝国の意思表示だ。まぁ、ガーフル人はブングダルト人と長年争ってきたから、滅ぼして統治するとなると反乱祭りになるだろう。それはお互いにとって利益が無い。

「賠償額の折衝が必要にございますな」

「安心しろ。本来請求する捕虜の身代金を名前を変えて請求するだけだ」

身代金換算でかなり高価な貴族もそれなりに捕虜にできていたからな。


ブングダルト帝国とガーフル共和国は、それから一週間と経たずに講和したことを発表した。

タイムリミット?

ステファン・フェルレイとの交渉を終え、帝国は正式にガーフル共和国と講和した。それはそこまでの経緯に比べれば、あまりにあっさりとした決着だったかもしれない。それもそのはず、俺にとって最大の目的はあのオーパーツの破壊だったのだから。そこをステファン・フェルレイは読み違えていた。

それさえ済めば、俺とステファン・フェルレイの利害が一致してる以上、話はスムーズに進むのだ。

例えば俺にとって、今回の講和内容は、まぁ最悪は拒絶されても良かった。俺の目的は、皇国への出兵に向けて周辺国との国境を安定化させること。つまり、ブロガウ市で敵の主力部隊の殲滅にうっかり成功してしまった時点で、その目的は果たされたと言っていい。今のガーフル共和国に、帝国へ侵攻する余力はない。だから講和が無くても、国境は安定したはずなのだ。

軍事通行権については、それこそ必要になった時に外交交渉などで得れば良かったしね。


その上で、俺としては共和国とさっさと講和したくて仕方なかった。俺の主目的はあくまでアプラーダ王国とロコート王国に割譲してしまっている旧帝国領の回収だからな。だが、長年にわたり帝国の人間はガーフル人を敵視してきたため、市民に「弱腰」と受け取られかねない交渉はできなかった。しかも大勝してしまったものだから、「要求できるだけ要求するべき」と考える貴族や市民は少なくなかったはずだ。

だから講和の場で剣を抜き斬りつけるという、「禁忌」を冒すことで、その辺を全部有耶無耶にしたのだ。「宿敵を前に思わず剣を抜いてしまった」というのは、「弱腰」とは見なされないだろう。

そしてステファン・フェルレイの方も、俺の考えを理解してからは講和に飛びついてきた。そもそも開戦したのはステファン・フェルレイの意志じゃなさそうだし、他の貴族の尻拭いの為に講和できるように南方三国を焚きつけ、共和国に有利な交渉ができるよう準備をしていたのに、肝心のガーフル軍が大敗し自分以外の大貴族が軒並み壊滅するという未曽有の事態になってしまったのだ。どうにか被害を抑えて講和しなければと、彼は間違いなく焦ったはずだ。

だから条件さえ整ってしまえば、あとは講和までは一瞬だったという訳である。お互い講和したかったんだからそりゃそうだ。

そして皇帝軍は、次の目標をアプラーダ王国に定めた。その途中、一度休息するために……さらに兵を入れ替える為に、俺たちは帝都を目指していた。

その途中、また例によって野営の大天幕に、慌てた様子で俺の元にやってきた者がいた。それはなんと、あのティモナ・ル・ナンである。

「陛下っ！　急報です!!」

「……げぇ」

またこのパターンか。毎回のように急報急報って、なんでこう次から次へと。

……いや、落ち着け。まだ緊急の情報ってだけだ。慌てるような状況ではない。ここは落ち着いて、どのような状況でも冷静な皇帝を演じるのだ。

「今度はどこの反乱だ？　あるいはどの国が攻めてきた」

「いえ、そういう訳では」

あぁ、良かった。せっかく一芝居（？）してまで、寛大な条件での講和で我慢したんだ。これからようやく南方三国を調理して二度と帝国に逆らえないようにしようって時に、他国からの横槍とか来たら発狂もんだった。

「じゃあ何か災害か？　あるいは諸侯の誰かが亡くなったか」

「いいえ、違います」

よしよし、じゃあ大丈夫そうだな。まぁ、急ぎの報告ってだけで、それがヤバい報告とは限らないしな。

「はぁ、脅かすな。それで、内容は？」

まぁ、そうだよな。毎回、めちゃくちゃいいところで邪魔が入るとか、そんな訳……あれ、じゃあなんでティモナは焦ってたんだ？

「内容は？」

宮中伯に促され、ティモナが報告を読み上げる。

「はい、それが……テイワ皇国にて事実上幽閉されていた皇王ヘルムート二世が、陛下を頼って亡命してきたと……帝都から連絡が」

「は？」

皇王が、帝国に亡命だと？　お前、そんなの、思いっきり横槍じゃねぇか！

「おぉ！　陛下の御威光が皇国にまで！　さすがです陛下」

そんなエタエク伯の言葉に返せるはずもなく、俺は机に拳を叩きつける。

「クソっ!!」

最悪だ……マジで最悪だ。よりにもよって……！

「なぜ今なんだ！」


転生者が多い皇国には早いうちに大ダメージを与えないと、この先の帝国は皇国の後塵を拝することになる可能性が高い。だから皇国で後継者争いをしているうちに、こっちは近隣諸国との戦争や領土問題をすべて解決させ、背後の憂いを断った上で、内乱で混乱する皇国に介入するつもりだった。

そのプランのために、ガーフル相手の戦争を切り上げて、黄金羊商会に莫大な利権も与えて、ヒスマッフェだのゴディニョンだの相手への懐柔策を推し進めようとしていたのに！

全部、全部崩れた。万全の準備を整えてから皇国に介入しようとしてたら、準備の初期段階で皇国の方から介入されに来やがった。

「早すぎるっ……！」

なんで、何でせめてあと一年耐えられなかった皇王！　よりによって、これから南方三国と戦争するって時に！

「人数は⁉」

「皇王と失脚していた前皇太子、それから宮中で官職に就いていた土地を持たない宮中貴族が数名、僅かな従者と供回り……程度です」

しかも、夜逃げ同然じゃねぇか。使えねぇ……。


考えろ、落ち着いて考えろ。

受け入れないという選択肢はない。帝国と皇国はライバル関係、それで受け入れを拒否すれば皇国に怯えて逃げたと言われかねない。しかも皇帝を「頼って」逃げてきやがった。これは完全に俺が判断を下さなければいけない問題だ。俺が拒絶した場合、皇帝が皇国に配慮したことになる。そもそも皇国に対して大義名分になり得る駒だ。それをみすみす逃すとか、帝国の未来を考えても絶対にありえない。というか、帝国が放棄しても他の国に拾われるだけだ。最悪、帝国攻めの道具にされる。受け入れない選択肢はあり得ない。


だが受け入れれば？　帝国はこれから成立するであろう皇国の新体制を認めないという意思表示になる。そうなれば、彼らには帝国に侵攻する大義名分が成立する。

あるいは周辺国は？　皇王が帝国に逃亡するという異常事態、もうこの時点で帝国が皇国で起きる後継者争いに巻き込まれることは決定。つまり周辺国としてはもう、来る皇国の新体制と帝国の

戦争は始まっているようなもの……南方三国との戦争が、その意味が、ただの国境戦争ではなくなってしまう。


というか、前皇王ではなく現皇王だと。野郎、退位せずに来やがった。皇王が皇帝に屈したかのように見えてしまうこの状況。帝国をライバル視する皇国が許すはずがない。最悪、政争していた連中が、それを止めて急転直下の連合を組んで、新皇王をすぐにでも擁立する可能性がある？

そうなれば……南方三国との戦争中に、横っ腹を突かれかねない？

「最悪だ」

追い返すわけにはいかない。だが受け入れれば南方三国との戦争どころではなくなる……だと。

「最悪のタイミングだ」

どうする、どうすればいい。南方三国と停戦？　アプラーダとロコートに占領されている帝国領を諦める？　……いや、無理だ。もう旧アキカール王国貴族も巻き込んでいる。ここで止めたら彼らの矛先が帝国に向きかねない。


だが、会わないわけにはいかない。だってもう、帝都は目の前だ。

「クソがぁ！」

毎回、毎回っ！　なんでこうも上手くいかない⁉

書き下ろし
番外編

馬上の天才

『拍車山の戦い』……後世において、『ブロガウ市の戦い』の異名もあるこの戦いは、結果で知られるほど一方的な内容では無かったと言われている。実際、ガーフル軍の急襲を受けた帝国は、何度か城壁上に敵の侵入を許したと言われている。

しかし皇帝自ら率いた帝国兵は士気も高く、また的確な指揮により粘り強く戦った。

この戦いで帝国が勝利できた要因は、帝国側も「川の流れを変える」という全く同じ策を用意していたこと、防衛部隊がよく持ち応えたこと、そして何より、後に大陸中にその名を轟かせる一人の天才が帝国側にいたことである。

「状況は？」

馬上で背丈以上の長刀《なぎなた》を、軽々しく担いだ少女。そんな異様な光景にも見慣れた重臣の一人が、少女の質問に答える。

「ブロガウ市からの狼煙は『失敗』でした。『中止』では無かったためこうして急行してきましたが……どうやら籠城戦へ移行しているようですね」

少女の名前はアルメル・ド・セヴェール。彼女はエタエク家臣団や先代エタエク伯の意向により、男子として育てられた。さらに騎馬兵に力を入れてきたエタエク家の当主に相応しく育つよう、物心つく前より馬と触れ合い、領主としての仕事より先に騎兵隊指揮官としての「いろは」を覚えた。そして彼女は英才教育の一環として、数年前から身分を偽り、傭兵として戦場に出ていたのである。

そんな彼女が率いるエタエク伯家の騎馬兵二五〇〇からなる別働隊が到着したのは、銃声鳴り響く戦場であった。

「ここからでは詳細は理解できませんが……敵は北壁にも取り付いている様子。既に川の流れは変えられた後なのでは？」

実際、皇帝カーマインが守るブロガウ市はガーフル軍の総攻撃を受けていた。敵に川の流れを変えられ、天然の防御施設を失った帝国軍は、城壁に籠り自分たちより優位な敵を相手にひたすら耐え続けていた。

「しかしながら、そのお陰で敵は我々に対し、無防備に側面を晒しています」

当初の作戦では、エタエク伯軍は敵に捕捉されないよう大きく迂回し敵の背後へ回り込み、日が沈んだ後に敵軍の混乱を見て突撃する予定だった。

しかしエタエク伯軍は状況の変化を読み取り、すぐさま戦場に急行した。その結果、ガーフル軍後衛部隊の側面を突ける位置にエタエク軍は進出したのである。

「つまり敵はブロガウ市を落とそうと攻撃している、ということだな」

うんうん、と腕を組んで一人頷くエタエク伯に、周囲は何を当たり前のことを言っているんだと呆れた表情を浮かべた。明らかにブロガウ市は攻撃を受けている……それはこの別働隊の位置からでも見れば分かることであった。

彼女がまだ十五歳であること、そして普段の行動や言動があまり知的では無いこともあり、彼女は部下からも武勇一辺倒の人間だと思われがちであった。

だが彼女は、この状況をしっかりと、それも誰よりも正確に把握していた。彼女が言いたかったのは「落とそうと攻撃」の部分。つまり、敵の攻撃は自分たちの部隊を標的にした罠ではなく、敵にとって自分たちの存在は想定外の要因であるということだ。

この瞬間、戦場における主導権は彼女の手中に転がり込んできたと言っていい。

「これは大役だぞ、君たち。陛下の栄光を平凡なものとするか、伝説的なものとするか、全て我々にかかっている」

帝国の勝利も、敗北も、彼女と配下のエタエク伯軍の動き次第で変わる。それを彼女は理解していた。

「既に突撃隊形に移っております。号令があれば、いつでも」

「正面の敵は脆弱な側面を晒しております。これは好機ですぞ!」

エタエク家臣団の言葉は、正しいもののように聞こえる。敵は奇襲に成功し、皇帝を討ち取る好機だと都市に対して全面的に攻勢を仕掛けているはずであり、ここでエタエク伯軍が敵の側面を突けば、敵はたちまち敗走する……家臣たちはそう考えたのだ。

しかし、アルメル・ド・セヴェールの考えは違った。彼女はいきり立つ家臣たちに、短くこう答えた。

「敵に熱が無い。それに敵はこちらに気付き、もう対応し始めている」

彼女の言葉通り、敵はエタエク伯軍の出現に気が付き、迎撃できるよう歩兵隊が隊列を直し始めていた。だが彼女の言う「熱」の意味が家臣らには分からず、その内の一人が少女に聞き返した。

「熱、と言いますと？」

「勝てそうだと思うとき特有の熱気だ。それが無いということは、敵は攻めあぐねている。流石は陛下だな」

エタエク伯の見解はこうだ。まずガーフル軍はブロガウ市に籠る帝国軍に対し、奇襲を仕掛け全面攻勢に出ていた。しかし城壁を突破することはできず、今は一段落ついてしまっている。目の前の都市に対する攻撃のみに集中しているのであれば、このまま突撃しても効果的な戦果が得られただろう。しかし落ち着きを取り返しつつある今、突撃しても敵はエタエク伯軍に冷静に対応するだろうと分析したのだ。


「つまり、この場にとどまり好機が訪れるのを待つと？」

「敵はこっちに意識を割いている。今はこれでいい」

その結果、エタエク伯が下した決断はその場での待機であった。

「……閣下でなければ臆したかと詰め寄るところでした」

部下の一人が言うように、この決断を下したのが彼女でなければ部下たちは反発しただろう。エタエク伯家は代々、武勇の名門として名を馳せてきた。よってその家臣たちも、血気盛んな者や己の武に自信を持つ者ばかり。敵を前にして消極的な姿勢を見せるなど、彼らにとっては許しがたい行為である。

しかし、そんな彼らも今回の決定に異を唱えなかった。あの伯爵が言うのだからと、誰もがその判断を受け入れたのだ。これは後に大陸中に知られるレベルで異常な忠誠心を誇るエタエク家臣団だから……ではなく、伯爵の普段の行いのせいだった。

「おい、普段は『接敵次第即突撃』の伯爵が、待機だとよ」

「やはりガーフル騎兵は警戒するべきということか。これは尋常な相手では無さそうだぞ」

家臣らは驚きながら、そう口々に噂した。……それくらい、普段の彼女の指揮は基本的に「突撃」一択であった。敵を見つければ、集団の先頭に立ち、それどころか自ら長刀を振るい誰よりも戦果を挙げる。それがまだ十五歳になっていない少女の「日常」であった。

つい先日もほぼ単身で敵軍真っ只中で暴れまわり、指揮官を直接討ち取るという功績を挙げていた。武勇に自信のある大人たちが、自分では敵わないと認める怪物。それがアルメル・ド・セヴェールという少女であった。

しかしエタエク伯の考えは、家臣らの予想とは少し違うものであった。

(このままボクらが動いても、たぶん帝国は勝てる)

突撃を仕掛けても、恐らく敵に抵抗される。しかし敵の退路を断つように部隊を動かせば、敵はここが引き際だと判断して撤退する。そうなれば帝国側の勝利……そこまで把握した上で、彼女は予想の斜め上を行く結論を出していた。

(しかし、それでは平凡な勝利に終わってしまう。せっかく陛下が率いる親征軍なのだ、陛下に相応しい圧倒的な勝利でなければ)

エタエク伯アルメル・ド・セヴェールは、指揮官としての才能と個人の武勇には秀でていた。しかし彼女は、それ以外の全てが壊滅的であった。

ゲーム風に言えば、武勇と統率がカンストしているのに、それ以外のパラメータはゼロといった感じの、いわゆる「尖った人材」である。それを自覚しているからこそ、同じ年齢ながら大人顔負けの知謀を兼ね備えた皇帝カーマインを心から尊敬していた。

物心つく頃から愚帝と呼ばれていた皇帝カーマインの振る舞いが、実は全て宰相らを欺くための偽装であると知った時、一瞬の隙をついて鮮やか粛清を成し遂げた時、エタエク伯の心は震えた。そして皇帝が市民の前で行った、かの有名な演説……それを吟遊詩人から聞いた彼女は、カーマインが時代の象徴であると確信したのだ。

自分がただ馬に乗り、好き勝手に野を駆けていた頃から、自分と同い年の皇帝は権力者たち相手に人知れず戦ってきた。そして周囲を騙し続け、ついに奸臣を討ち取ったこの皇帝こそ、きっと永遠に語り継がれる伝説の名君となるだろう。

そして自分は、きっとこの皇帝にお仕えするために生まれてきたのだ……英雄譚に憧れる少女は、自身の存在意義をそう捉えたのだった。

こうして彼女は、皇帝カーマインに対する絶対的な忠誠を誓い、自ら兵を率い親征軍に合流したのだ。だが同時に、それは彼女の重大な欠点にもなる。

これはこの先、彼女がトラブルメーカーとして何度も皇帝の頭を悩ませる根本的な要因となったのだ。

（陛下のことだ。この程度の攻撃なら難なく対応していることだろう）

……つまり、カーマインに対する評価が高すぎるのである。実際は必死に、ギリギリの防衛戦を指揮しているカーマインだが、エタエク伯は余裕だろうと思い込んでいた。


ふと、家臣団の一人が都市の方角を見て指さした。

「伯！　狼煙の色が変わっています。あれは……『突撃・あるいは追撃』の狼煙です！」

それがエタエク伯軍に動くよう、催促するためのものであることはエタエク伯も理解した。

「伯爵、おそらく陛下は危機的状況かと!!　今すぐお救いしなければ！」

家臣の中にはそう慌てる者も出始めた中、彼女は一人こう考えていた。

（陛下は良くても、市内には貴族や市民もいる。きっと彼らがしびれを切らしているのだろう）

そう自分の中で結論付けた彼女は、家臣たちに一つ指示を出した。

「ブロガウ市から借りてきた鳩を放とう。その全てに同じ文書を持たせてくれ」

元々、エタエク伯軍の攻撃は夜になることを想定していた。夜は狼煙での意思疎通が難しい。その為、エタエク伯軍から都市に向けての連絡手段として、ブロガウ市から夜間も飛ぶよう調教された伝書鳩を、数羽借りて来ていたのである。


「分かりました、それで……その文章とは？」

家臣に促され、エタエク伯は少しだけ考えた。

「こういうのは確か、敵に見られても問題ないものだよね」

そしてひねり出した言葉を、彼女は皇帝へのメッセージとして送ったのである。

「この首を以て戦いの結果に責任を負いましょう。しかして栄光は帝国と陛下に。皇帝陛下万歳！これでいこう」

英雄譚に憧れる少女は、少しだけ詩や劇になるかもしれないと意識して、そんな返答を皇帝軍本陣に送ったのである。

＊＊＊

「閣下、先ほどの言葉ですが……本陣を黙らせるための方便ですね？」

伝書鳩を送り、なおも戦場を静観するエタエク伯軍。その陣頭でガーフル軍をじっと見つめるエタエク伯に、家臣の一人が念押しするように声をかける。

エタエク伯家の若い当主、それもまだ後継者のいない彼女が、「敗北の責任は自分がとるから好きにさせてくれ」と皇帝に向けて伝書鳩を送ったのだ。家臣にとっては気が気ではない状況である。

「いや、場合によっては軍規違反で死刑かも」

敵から目を離すことなく、少女はあっさりとそう答えた。

「そんな、他人事《ひとごと》のような……」

家臣の一人が責めるようにそう言った。後継者がいない状態ながら、最前線に出て自分の命をベットする。そういう点では、カーマインと彼女は非常によく似ていた。

「しかしなぁ、本来は爺様が死んだ時点で、遠縁の一族に継承させるか、成人済みの有力貴族を迎え入れボクと結婚させるかの二択だっただろう。しかし君たちは私の性別を偽り、さらに爺様の死を秘匿することで誤魔化した」

現在はカーマインにより、その処遇を保留されている身だ。今回の戦績次第では、不要な存在と判断され処分されるかもしれないというのが少女の認識であった。

「やはり納得されていないので」

エタエク伯は女性の身で生まれながら、男として振る舞うよう育てられた。自認する性は女性ながら、家臣団の望み通り男として振る舞ってきた。

しかしヌンメヒト女伯という前例が生まれたことで、家臣団は女性として陛下の前に出ても問題ないのではと考えた。こうして少女は皇帝に謁見することが叶ったわけだが……カーマインが問題としているのは彼女が女性であることではなく、継承時に偽装・隠蔽を行ったことである。そしてそれを主導したのは家臣団である以上、カーマインとしてはエタエク伯は許しても家臣団は処断するべきかもしれないと考えていた。

「いやぁ、そういう問題じゃ無さそうだよ？　もちろん、ボクは君たちの立場も理解しているけどね」

そのあたりの危機感が薄い点が、家臣団の中で唯一「頭の回る」トリスタン・ル・フールドランがエタエク伯家の家臣団を「馬鹿共」と呼ぶ原因だったりする。もっとも、そう憎まれ口を叩きながら、処罰を受けるときは自分も大人しく受けるつもりなあたり、トリスタンの義理堅さが垣間見える。

「それでも罪は罪。よって、陛下に処断されるならばそれもまた良し」

少女は長刀を掲げた。いつの間にか太陽は西に沈みつつあり、その光は刃によく反射した。

「よって全ての是非は神が、そして神の祝福を授かりし陛下がお決めになられるだろう」

光を掲げたように見える少女の姿は、どこか神々しさすら感じられる。

それに一瞬呆気にとられた家臣たちだが、慌てて一人が声を上げる。

「だからと言って最前線に立つのはお止めください」

「それもまた同じ。天の沙汰に委ねるのだ」

自分を生かすも殺すも、天が決めること。本気でそう思っているからこそ、少女は部隊の最前線に立つ。

「ですが今回はいつもよりきっと危険ですよ！　だいたい前回も……」

そして家臣の説教が始まるが、エタエク伯はこれを完全に聞き流していた。

なぜなら彼女は、目の前の敵に集中していたからだ。皇帝カーマインのために、もっとも効果的に戦果を挙げられるタイミングで突撃を号令したい。彼女はガーフル軍の隙を窺っていた。


銃が普及し歩兵の主装備となりつつあったこの時代において、重装騎兵の姿は大陸から消えつつあった。厚い鉄製の甲冑も、至近距離から銃を撃たれれば貫通してしまう。しかしながら、まだ十二分に通用するのも事実だった。銃は火縄銃、それも技術的に黎明期と言っていい段階。かなりの近距離でなければ命中率も低く、甲冑を貫通させることは難しかった。何より、次弾を撃つまでに長い間隔を必要としていた。

カーマインは前世の知識から、重装騎兵による突撃の脅威を理解していた。加速した彼らの攻撃《ランスチャージ》は、どんな重装備でも貫通するだろう。

もちろん、歩兵側にも対抗手段はある。槍兵よる密集陣形、馬防柵や杭などの障害物……それらは騎馬の突撃に対し、効果的だと考えられた。

しかし、カーマインは自身の率いる直轄軍の力量をそれほど評価していなかった。仮に何度が防げても、繰り返される内に必ず打ち破られるだろうと。だから野戦ではなく、最初から籠城戦と夜襲を組み合わせることを選んだのだ。

一方で、エタエク伯も騎兵指揮官としてガーフル騎兵の恐ろしさは感覚的に理解していた。ガーフル騎兵に比べればエタエク騎兵は軽装であり、自分たちと彼らが真正面からぶつかれば、その突撃の衝撃力には敵わないだろうことは確かだった。しかし同時に、敵の弱点も理解していた。それは重装甲故に、騎馬兵にしては機動力が低い点である。もちろん、いくら遅いとはいえ歩兵よりは比べるまでもなく早いのだが。

つまり、エタエク騎兵が最も効果的にガーフル軍を「狩れる」タイミング……それは敵が撤退する瞬間に他ならなかった。

そして少女は、ついに敵軍の僅かな動揺を感じ取った。敵の配置とその動き……些細な変化が、一瞬のものでは無く広がり続けるものだと判断したのだ。

「伯爵、ではこうしましょう。屈強な兵を選び、先鋒とするのです。そうすれば……」

そして少女の決断は素早かった。今こそが好機だと見抜いた彼女は、掲げていた長刀を振り下ろし、まっすぐに目の前のガーフル軍に向けると叫んだ。

「全軍っ、このアルメル・ド・セヴェールに続け！」

空気抵抗を軽減する防壁を展開し、少女は馬を全力で駆けさせた。

「……っ！　マズい！　いつもの伯だ！」

先ほどまで説教をしていた家臣が、慌てて叫んだ。だがそれ以上に透き通った少女の声が、強くその場に轟いたのだった。

「突っ！　撃っ！　だあぁぁ!!」


エタエク伯には後継者がいない。よって本来は後ろに控えるべき彼女だが、そんな伯爵がこうして最前線にいる理由、血気盛んな部下たちがまだ成人していない子供の言葉を聞く理由。それはただ一点……少なくともこのエタエク伯家において、彼女が最強だからである。

「死ぬ気で追え！　追えぇ！」

家臣の叫び声を既に遥か後方へと置き去りにした少女は、歓喜に打ち震えていた。

（天がこれ以上ないほどに味方している！）

背にした日の光も、風も、全て自分たちに味方している。先程まで枯渇していた魔力も回復し始めた。何より、あれほど自分たちを警戒していたはずの敵が、すっかり別の方向に気を取られていた。おそらく敵は敗北を確信し、浮足立っている。正に千載一遇の好機であった。

これほどの好機を逃すまいと、彼女はさらに速度を速めるべく、身体強化の魔法を自身の馬にかけた。

「わははははは！　突撃、突撃ぃ!!」

物心つく前から馬と触れ合ってきた彼女のもう一つの才能。それは自らの愛馬に、まるで自身の体のように完璧な魔法をかけることができる点である。そもそも本人の感性に強く依存する、使える人間が限られる身体強化の魔法。それを完璧に自身の愛馬にかけられるのは彼女ぐらいだ……故に、彼女は馬上において人馬一体を体現する。

そんな馬上の天才が、敗走を始めたガーフル軍の脆弱な側面についに届いてしまった。

「皇帝陛下、ばん！　ざあああい！」

後に『ガーフル人殺し』の異名で知られる少女は、その叫びと共に長刀を一閃した。

こうして『拍車山の戦い』は帝国の圧勝で幕を閉じる。少女が率いるエタエク伯軍は、この後徹底的にガーフル軍を追撃。国境までにそのほとんどを討ち取ってしまうからだ。

こうしてまた一人、カーマインを支えた名将が歴史の表舞台に現れたのだった。

あとがき

この度は『転生したら皇帝でした～生まれながらの皇帝はこの先生き残れるか～』六巻を御手に取っていただき、ありがとうございます。今更コロナウイルスにかかった魔石の硬さです。

六巻の内容はカーマインらの結婚の続きと対ガーフル共和国戦がメインでした。前半の結婚イベントではヒロイン三人とも可愛く描いていただけて、作者としてはかなり気に入っております。特にロザリアとナディーヌの「あーん」のシーンが最高です。

また、これで主人公は名実ともにハーレム主人公になってしまいました。個人的にはハーレム物はあまり好きではないので結婚相手は一人だけにしようかとも思ったのですが、あくまで主人公は「皇帝」なので、皇帝らしさを考えた結果こうなりました。ただ、これ以上増やすつもりはありません。

さて、今回は新キャラが何人も登場する巻となりました。特に帝国以外キャラたちについては、今後それぞれの国の中心となる人物たちです。彼らは若かったり、経験が浅かったり、国を率いる覚悟がなかったりしますが、これからどんどん成長していきます。

これまでカーマインの相手は国内貴族が多かったのですが、これからは他国……つまり彼らを相手にしていくことになります。時には同盟相手として互いを利用し、時には戦場で敵として立ちはだかることでしょう。また、今後もそういったライバルキャラの登場は増やしていくつもりです。

一方で、帝国貴族の方にも新キャラが登場しました。そうです、エタエク伯です。彼女は主君であるカーマインの前ではかしこまっていますがボクっ娘です。そして武勇と統率と忠誠にステータスが偏っているようなキャラでもあります。

ちなみに、作者は「強い女性キャラ」が大好きです。なのでかなりステータスを盛ってしまいました。そんな彼女の今後の活躍にご期待ください。

最後になりますが、イラストを担当してくださっている柴乃櫂人様、今回もありがとうございました。どのイラストもイメージにぴったりで感動しました。またTOブックスの皆様、今回もご迷惑をおかけしました。本当にありがとうございます。

そしてこの本を御手に取ってくださった皆様に、心からの感謝を。それではまた次の巻でお会いできることを願って。

二〇二三年十月　魔石の硬さ

コミカライズ
第五話
試し読み

漫画：櫛灘ゐるゑ
原作：魔石の硬さ
キャラクター原案：柴乃櫂人

Episode5.皇帝魔力回収術習得

なんだ…？
ずいぶん騒がしいな…
あー
そうか
確か屋内で魔法が使えるか実験して…
体内魔力を枯渇させてぶっ倒れたんだ…

ってことは
俺の身に何か
あったんじゃ
ないかと宮廷医が
駆け付けたって
わけか…
陛下
お体に違和感など
ございませんか？
だいじょうぶ
ある程度
体内魔力は
戻ってるっぽいな…
ぐっぱ
ぐっぱ

もしかしたら
この世界の人間には
魔力を生成する
器官とかあるのかも
しれないな
やっぱなんの情報も
ない世界で試行錯誤
していくしか
ないのはつらいよ～
ガミ
ガミ
ミ
あぁ
夕べの担当《寝ずの番》か

うん まぁ
寝っこけてた
君が悪い
屋内でも魔法を使えるようになったはいいが…
体内魔力が抜けるとあんな脱力感に襲われるとは…
それにしても1回使ったくらいで気絶するんじゃ実用的とは言えないなぁ
どうにかして体内魔力を増やせないもんかな…？

いやできました
ホンット偶然
む〜
あれから数日経ち
久しぶりに中庭に
出ていいと言われた

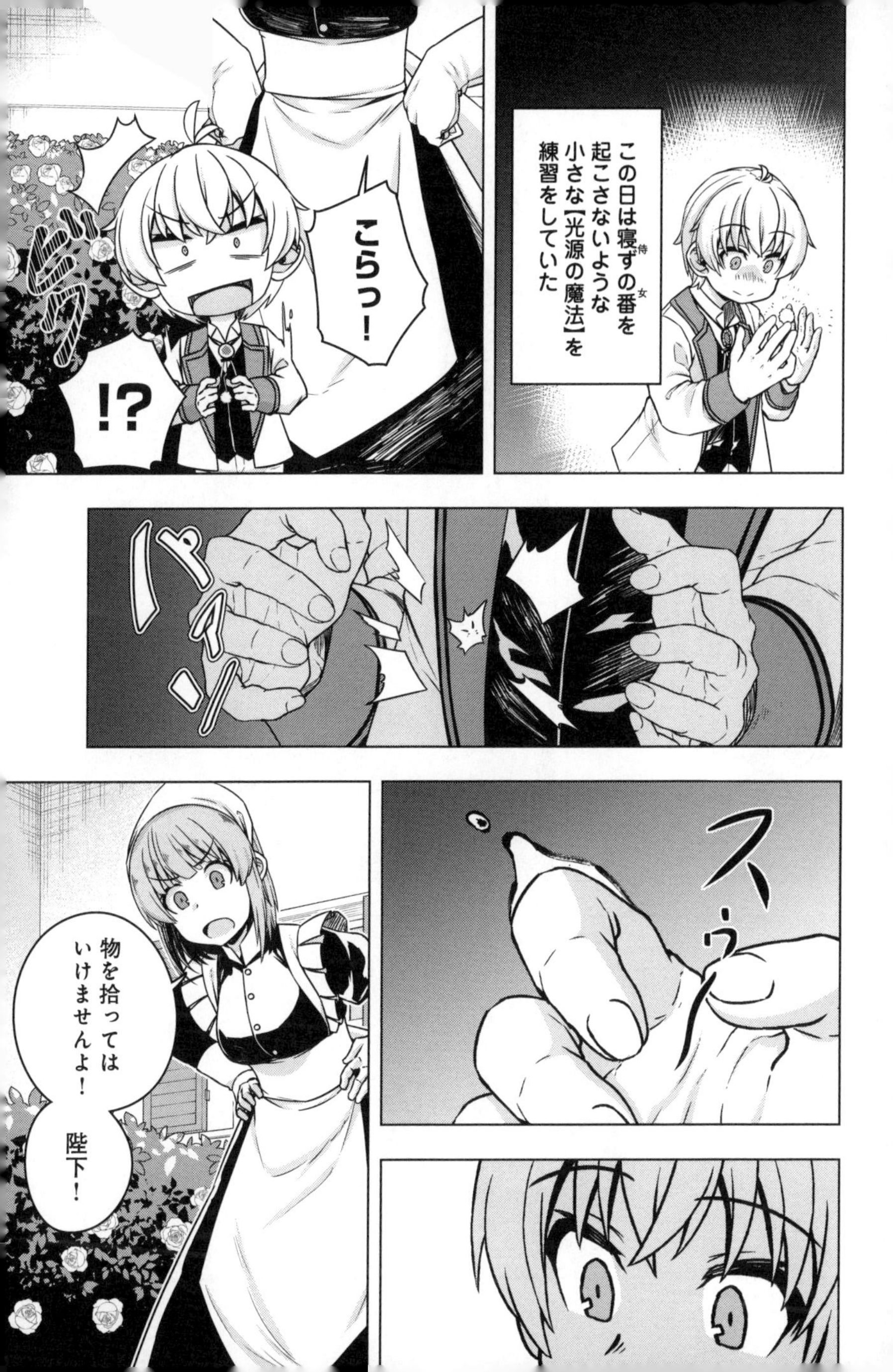
この日は寝ずの番《侍女》を
起こさないような
小さな【光源の魔法】を
練習をしていた
こらっ！
ビク
!?
パシッ
スゥ
物を拾っては
いけませんよ！
陛下！

な…なにも
ひろってないよっ…
ヒラ
ヒラ
本当ですか？
う…うん
ならいいです

私はお掃除がありますので大人しく遊んでいてくださいね
う…うん
いたずらしちゃダメですからね
う…うん！
何かあったらすぐ呼んでくださいね～
わかったー！
ドキ ドキ ドキ
っぶね～
ってか焦って魔法解いたけど今確かに…
魔力が体の中に取り込まれたよな？

やっぱり体内魔力が増えている…
確か魔法を発動して…
すぐに解く

ス
成功した…
少しだけど魔力が体内に入ってきたぞ…
魔力回収の方法はわかったけど…
なんだろう?
満腹感というか息苦しさというかそんな感覚があるな…
さすさす

後日
検証を重ねた結果
【光源の魔法】は
明度の上げ下げ
大きさや発光の
維持にも魔力を使う
俺はあの時
急いで魔法を
解こうとして一瞬
「もったいない」と感じた
この時魔力を
流動体ではなく
小さな粒子状の
イメージで
操作していたため
体内へ
取り込めたのだと思う

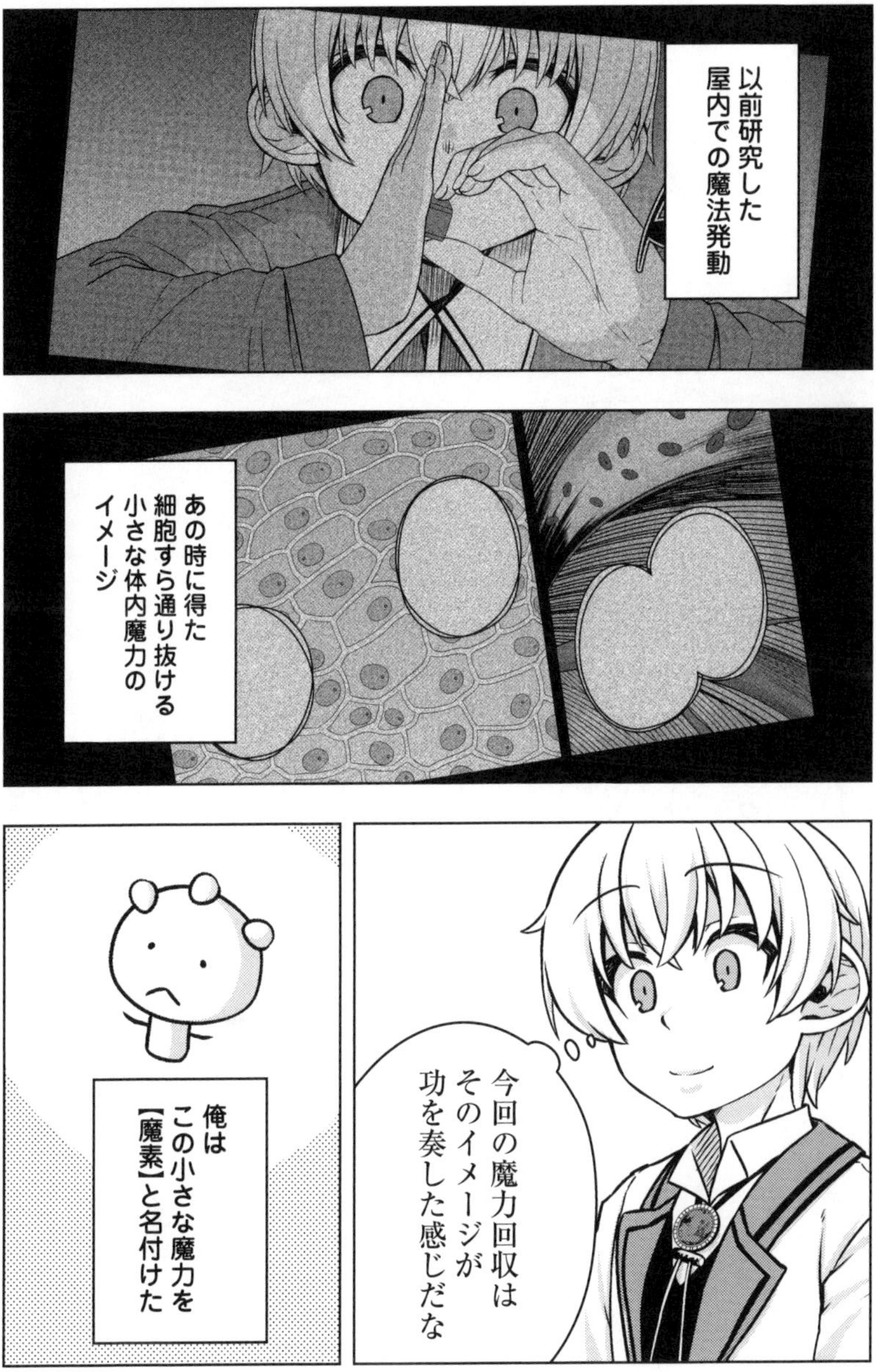
以前研究した
屋内での魔法発動
あの時に得た
細胞すら通り抜ける
小さな体内魔力の
イメージ
今回の魔力回収は
そのイメージが
功を奏した感じだな
俺は
この小さな魔力を
【魔素】と名付けた

それから大気魔力を体内に取り込んだ時の満腹感だが
これは体内の魔力許容量に原因があることもわかった
ウップ
要は俺の魔力貯蔵量が低いのだ
さて
こればかりはどうしたもんか…？
あっ！
大気中の魔力より体内の魔力が『濃く』感じたのはもしかして…

ゴポ
ゴプン
なるほど
食べたものを消化するのに似てるな
体内魔力のほうが大気魔力より濃度が『濃い』のは事実らしく
体内
大気
『魔力操作』で体内魔力と大気魔力を馴染ませてやったら満腹感も消えた
エッヘン!!
かなり集中しないといけない作業だけど…
こうやって体内魔力確保しておけばいざって時屋内で魔法が使えるのは大きなメリットだな

とはいえ
この魔力回収術
魔法使いなら
誰でも知ってるなら
アドバンテージには
ならないな…
ガン
常識だよ
ま どうせ
傀儡皇帝なかぎり
まともな教育なんて
受けられないだろうし
自分だけ
取り残されずに
よかったと考えよう
こんな具合で
皇帝なんて
これっぽっちも
やる気のない俺だが
成長するにつれ
「君主」としての
役割は課せられつつ
あるらしい

最近では宰相 式部卿以外の貴族とも面通しが増えつつある
陛下！次なるは○○伯□□□□□□家当主×××様でございます
たぶんこのおっさんも大貴族ってやつでこの国の有力者なんだろうなぁ…

ほんと幼児にせかせかと会いに来ることに意味あるんかね？
こんな幼児にいくら喋りかけたところで顔も名前も覚えられないっての！
ギギギ
しかしこれはこれで意味があった
宰相派と摂政派の人間の区別がつくようになったことだ
宰相派は宰相を「両ラウル公」と呼び
式部卿を「アキカール公」と呼ぶ
対して摂政派は宰相を「ラウル公」と呼び
式部卿を「アキカール大公」と呼ぶ

そして双方を「両」や「大」を付けずに呼ぶ人間が中立派だ
表向きの立場と実際の立場が違う人間も居るだろうが
現時点で大まかな見分けがつくだけでもかなりの進歩だ
貴族たちと普通に会話するようになる前に知れてラッキーだぜ

陛下 お部屋に戻りましょう
うむ
トコトコ
いつも俺の身辺の世話をしてくれる侍女たち
彼女たちはこの国の下級貴族の娘らしい
奉公や教育を兼ねて宮廷にいるそうだ
相変わらず彼女たちの普段の「立ち話《仕事中の雑談》」は貴重な情報源になっている

しかしそれ以上に侍女たちは俺のことを【ひとりの子ども】として接してくれている
【傀儡】としてではなく―
中身大人だし複雑な気持ちだが有り難いね
そのおかげか最近は疑問に思ったことを聞けば大抵答えてくれる
ネェネェ!!!
ナンデショウ? ヘイカ
もちろん「あれなに」「これなに」って簡単な質問ばっかで
政治のことなんてもってのほかだけどね
ぶっちゃけ聞けたら話早いんだけどね

だが俺にとって
ふたつの派閥の人間が
日替わりで世話しに
来るというのは
非常に都合がいい
宰相派
摂政派
毎日
交代で来ろぞ
派閥が敵対して
くれているおかげで
派閥間での情報の
やり取りがないからだ
俺は転生したせいで
既に知っている
知識がある
本来であれば
不自然な部分も
多々あるだろう
例えば
トイレの使い方
あ
初めて
使った時から
俺は何気なく使えた
やべっ！普通に
トイレ使えるの
不自然だったか？

その際
言われたのは
アセ
アセ
もう使い方を
覚えるとは
流石でございます
だった
つまりこの侍女は
前日入っていた
もう一方の派閥の
人間が既に教えたと
考えたわけだ
おかげで物怖じせずに
この国についても
ある程度聞けた

その昔
『ロタール帝国』という
国があり滅亡した

その際この辺りはいくつもの国に分裂し混迷を極めたそうだ
この時代を『大動乱時代』と呼ぶそうだ

そんな中ロタール帝国皇帝の遠縁であり
その遺産を引き継いだカーディナル帝が建国したのがこの国
『ブングダルト帝国』
俺はその8代皇帝

あとは宮廷について
帝国の「宮廷」は
いくつもある
「宮殿」の集合体らしい
これは歴代皇帝が
代替わりする度
新しく宮殿を建てたり
改築したりするからだ
あまりに広すぎて
馬や馬車で移動
しなければいけない
くらい広いらしい
今は
この屋敷だけが
俺の行動範囲だが
いつか
見て回れる日が
来るといいな

俺が住んでいる
この屋敷も6代皇帝が
建てたものだ
感覚的には豪邸以上
大豪邸未満って感じだ
小市民だった俺には
この屋敷だけで
贅沢すぎる代物だ…
元々は当時の
皇太子の住まい
だったそうだ
あっ この
皇太子ってのは先帝…
つまり俺の祖父のことだ
祖父
7代皇帝
エドワード4世
前皇太子
ジャン
摂政
アクレシア
カーマイン

顔も知らないが祖父が少年時代を過ごした場所に住むってのは悪くない
前世では物心ついた時には祖父はいなかったからな
…まぁそれは今世もか
あとそうそうもうひとつ重要な話も聞けた

本来皇帝は
「立太子の儀」
「即位の儀」
このふたつの儀式を経て
ようやく
皇帝に
即位するらしい
オギャー
オギ
だが
俺は生まれながら
皇帝だったため
このふたつの儀式を
行っていない
今宰相派と
摂政派が争っている
最大の焦点

それは
この「即位の儀」と
呼ばれる即位式を
「いつ」やるのか？
そして「誰が」帝冠を
皇帝の頭に置くのか？
の2点らしい
たぶん俺に
帝冠を置いた奴が
皇帝に次ぐ権威を
持つとかだろうな
いいさ…
好きなだけ争ってろ

魔法《生存手段》
歴史《思想文化》
地理《逃走経路》

人物《敵情把握》
まだまだ足りない
部分だらけだが
俺の生存戦略の
柱は着実に
揃ってきている！
お前たちがこの国で
好き放題している
うちに逃げて――
グッ

必ず生き延びてやる！
続きは CORONA EX コロナEX TObooks にてお楽しみください！

もちろん嘘だけどね
※内心
最大の敵・皇国を騙して旧領奪還！
いざ、中興の祖へ！

広がる
コミックス 第四部
貴族院の図書館を
救いたい! VII
漫画：勝木光
好評
発売中!
新刊、続々発売決定!
2023年
12/15
発売!
コミックス 第二部
本のためなら
巫女になる! X
漫画：鈴華

「本好きの下剋上」世界!

Welcome to the world of "Honzuki"

アニメ		コミカライズ		原作小説
第1期 1~14話 好評配信中! BD&DVD 好評発売中!		第一部 本がないなら作ればいい! 漫画:鈴華 ①~⑦巻 好評発売中!		第一部 兵士の娘 Ⅰ~Ⅲ
第2期 15~26話 好評配信中! BD&DVD 好評発売中!		第二部 本のためなら巫女になる! 漫画:鈴華 ①~⑨巻 好評発売中! 原作「第二部Ⅲ《コミカライズ》」を連載中!		第二部 神殿の巫女見習い Ⅰ~Ⅵ
		第三部 領地に本を広げよう! 漫画:波野涼 ①~⑦巻 好評発売中! 原作「第三部Ⅱ《コミカライズ》」を連載中!		第三部 領主の養女 Ⅰ~Ⅴ
		第四部 貴族院の図書館を救いたい! 漫画:勝木光 ①~⑦巻 好評発売中! 原作「第四部Ⅰ《コミカライズ》」を連載中!		第四部 貴族院の自称図書委員 Ⅰ~Ⅸ

©香月美夜・TOブックス/本好きの下剋上製作委員会

詳しくはアニメ公式HPへ>booklove-anime.jp

©香月美夜・TOブックス/本好きの下剋上製作委員会2020

原作小説

第五部 女神の化身

Ⅰ~Ⅺ 好評発売中!

Ⅻ 2023年12月9日発売!

著:香月美夜 イラスト:椎名優

貴族院外伝 一年生

短編集Ⅰ~Ⅱ

CORONA EX コロナEX TObooks

本好きのコミカライズ最新話がどこよりも早く読める!

https://to-corona-ex.com/

シリーズ累計
170万部
突破!
(紙+電子)
小説
第15巻
2023年
12月20日
発売!
TOKYO MX・MBS・BS11にて
絶賛放送中!!!
帝国物語
餅月 望——著
Gilse——イラスト
式HPへ!
原作HP
TVアニメHP

ティアムーン帝国物語
コミックス
第8巻
2024年
発売予定!
漫画：杜乃ミズ
TVアニメ
ティアムーン
断頭台から始まる、
姫の転生逆転ストーリー
詳しくは公

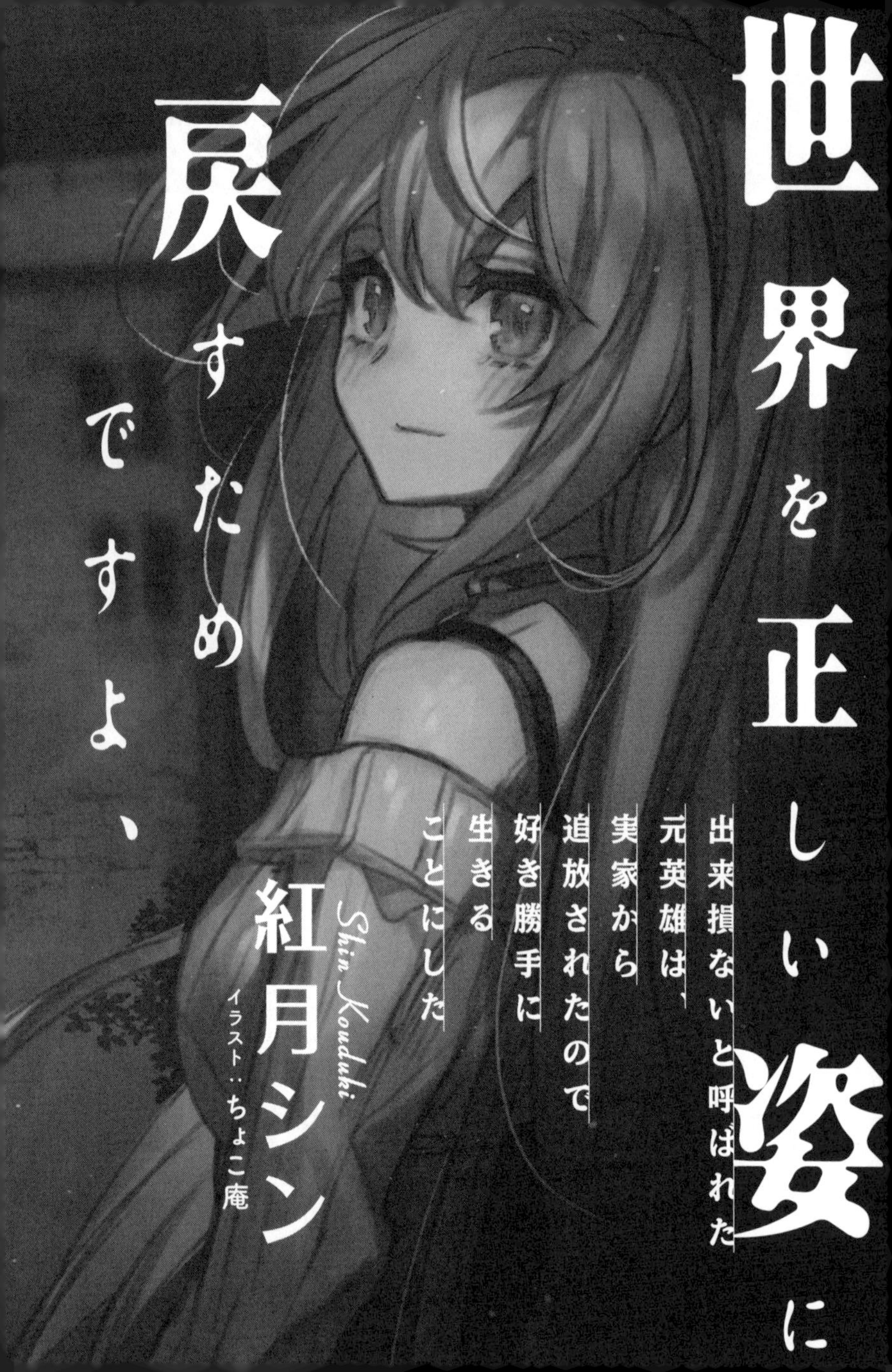
世界を正しい姿に
戻すためですよ、
出来損ないと呼ばれた
元英雄は、
実家から
追放されたので
好き勝手に
生きる
ことにした
紅月シン
Shin Kouduki
イラスト：ちょこ庵

アレン君。
新教皇に仕える
聖女リーズの思惑とは——
望まぬヒロイック・サーガ
第7巻!
Next Story 2024年春発売!

漫画配信サイト
CORONA EX
コロナEX
TObooks
OPEN!!
詳しくはこちら!
https://to-corona-ex.com/